Für Evelyn Leinburger

Herstellung und Verlag:
BoD - Books on Demand, Norderstedt
ISBN 978-3-7460-3111-8

IRGENDWAS VON MORITZ RUSS

Texte mit Illustrationen von Lucy Molzahn

Über die Illustratorin:
Lucy Molzahn, geboren 2001, zeichnet für ihr Leben gern. Auf ihren sozialen Netzwerken teilt sie hin und wieder ihre erschaffenen Werke und zaubert so vielen Menschen ein Lächeln ins Gesicht. Moritz Russ wurde auf sie aufmerksam und erzählte ihr vom Projekt »IRGENDWAS« und nur wenige Tage später setzten sie sich an die gemeinsame Planung.

Über den Autor:
Moritz Russ, geboren 2001, schreibt seit seiner Kindheit Geschichten. In den ersten Jugendjahren beginnt er Theaterstücke zu schreiben und zu inszenieren. Seit 2010 arbeitet er als Synchronsprecher und wirkte bei vielen Film- und Fernsehproduktionen mit. In seinem Kiez veranstaltet er selbsterschaffene Live Hörspiele.

Am Anfang eines Buches steht meist ein Zitat eines großen Dichters, Lyrikers oder Philosophen, welches den Leser in die Welt der Geschichte einführen soll. Da dieses Buch aber viele Texte enthält, müssten nun ein paar Zitate folgen. Ich erspar mir diese Suche und schreibe einfach mein eigenes, ausgeklügeltes Zitat nieder, welches das gesamte Buch zusammenfasst:

»*Es ist nicht dies, es ist nicht das, es ist irgendwas.*«
-Moritz Russ

AN DEN LESER

Ich freue mich sehr, dass Du, lieber Leser, gerade dieses Buch in deinen Händen hältst. Hinter mir liegen kreative Wochen in welchen ich viel Zeit mit mir und meinen Gedanken verbrachte. Im Frühjahr diesen Jahres kam ich auf die Idee ein Buch zu verfassen. Ich wollte etwas schaffen, was jeden anspricht. So finden sich in diesem Buch etliche Geschichten, aus den verschiedensten emotionalen und gesellschaftlichen Lagen. Durch Gespräche mit meinen Freunden oder dem Blick auf mein Umfeld, fand ich schnell Ideen für einzelne Texte. Zudem wollte ich, dass meine Texte illustriert werden. Mein Wunsch war es, dass jeder Leser einen Hauch von jeder Geschichte als Bild bekommen würde. Wie einzelne Protagonisten wirklich, nach meiner Fantasie aussehen, kann sich jeder selbst ausmalen. So traf ich auf Lucy Molzahn und weihte sie in mein Vorhaben ein. Gemeinsam arbeiteten wir intensiv an diesem Buch. Am Ende fehlte nur noch ein Titel. Ein Titel, welcher das Buch auf den Punkt zusammenfassen würde. Das ist gar nicht so leicht bei so vielen Einzelschicksalen. Aber nach langer Überlegung kam ich auf die Idee: Irgendwas. Allein die Vorstellung, wenn meine Freunde mich fragen: Was machst du gerade? Und meine Antwort wäre: Irgendwas, löste ein freudiges Gefühl in mir aus. Zur Info: Auch in diesem Moment muss ich wieder grinsen.

Ich, Moritz, wünsche Dir ganz viel Freude beim Lesen der unterschiedlichen Geschichten! Sicherlich wird dir eine Geschichte mehr gefallen und eine andere weniger. Aber dafür ist ja dieses Buch da. Jetzt noch zu ein paar Hinweisen:

Beachte!
1. Lasse dich während des Lesens von niemandem stören!
2. Gieße dir einen Tee auf und besorge dir etwas Gebäck!
3. Schmeiße dich in deine bequemste Kleidung!
4. Lies Irgendwas! (Unfassbares Wortspiel)

Jetzt kannst du mit dem Blättern starten. Aber Moment! Nicht nur Blättern, sondern auch lesen! Hätte ja sonst auch weiße Seiten abdrucken können.

Viel Freude wünschen dir Lucy Molzahn und Moritz Russ

STRASSENBAHN Seite Elf
HAMBURG REISETAGEBUCH TEIL 1 Seite Neunzehn
ÜBERKÜSSEN Seite Vierundzwanzig
ROTES TUCH Seite Neunundzwanzig
BRIEFE SCHREIBT MAN NOCH Seite Dreiunddreißig
JÖRG – DAS GESPENST Seite Achtunddreißig
LICHT AUS Seite Fünfundvierzig
NATHALIE Seite Achtundvierzig
KÄLTE Seite Zweiundfünfzig
FREUNDSCHAFT Seite Siebenundfünfzig
HAMBURG REISETAGEBUCH TEIL 2 Seite Neunundfünfzig
LETZTER KLICK Seite Dreiundsechzig
LAGERFEUER Seite Siebenundsechzig
DER KLEINE MANN Seite Siebzig
MENSCH SEIN Seite Dreiundsiebzig
SCHULD Seite Sechsundsiebzig
DAS MÄDCHEN Seite Achtzig
HAMBURG REISETAGEBUCH TEIL 3 Seite Fünfundachtzig
HALLO ICH Seite Einundneunzig
SCHLAF SCHÖN EMMA Seite Dreiundneunzig

STRASSENBAHN

×Da ich weiß, dass du wahrscheinlich auf eine Antwort wartest oder vielleicht gar nicht denkst eine Antwort zu bekommen, möchte ich dir noch kurz etwas schreiben. Du warst schon immer und bist immer noch ein toller Freund für mich. Ich hoffe das bleibt auch so! Da du in deinem Brief meintest, dass du nicht zu den Jungs gehörst mit denen ich sonst unterwegs bin, das mag vielleicht auch stimmen, bist du dafür ein echter Freund, anders als die ganzen anderen Typen. Ich kann mir vorstellen, wie scheiße es für dich sein muss, auch wenn du sagst, dass ich keine Schuld hätte, da es ja um Gefühle geht. Auch, wenn das blöd klingt, aber: Ich werde versuchen damit normal umzugehen, da ich dich nicht verlieren möchte. Lieb dich.×

»Ich muss dir noch etwas sagen!«

Das Mädchen steckte ihr Handy in die Tasche und schenkte ihm ihre volle Aufmerksamkeit. Er war nervös. Das war deutlich zu erkennen.

Leicht senkte sie ihren Kopf in die Richtung ihrer linken Schulter.

Ihr Mund war etwas geöffnet, die Augen zu ihm gerichtet, der Körper strahlte eine Offenheit aus.

Sein ganzer Brustkorb bewegte sich mit, als er noch einmal tief durchatmete.

»Wir haben uns jetzt eigentlich erst so richtig kennengelernt«, sagte er.

Sie nickte und lächelte.

Hätte es ihm seine Aufregung zugelassen, dann hätte er zurückgelächelt.

»Das waren vielleicht die schönsten Wochen, die ich bis jetzt in meinem Leben hatte.«

Er war noch sehr jung. Das Mädchen aber auch.

Schon wieder wanderte ein Lächeln über ihr ganzes Gesicht.

Der Junge schaute ihr tief in die Augen. Ihr inniger Kontakt nur durch einen Blick, füllte die kurzanhaltende Stille.

»Ich habe noch nie so ein Mädchen kennengelernt, wie dich«, sagte er und sein Blick fiel zu Boden. Der Junge schaffte es nicht mehr in ihre Augen zusehen. Der, gerade noch innige Kontakt, nur durch das Aufeinandertreffen der Augen, war wie verloschen.

»Was ist?«, sagte das Mädchen und brachte ihn wieder dazu den Kopf aufzurichten.

Der Junge und das Mädchen standen an der Straßenbahnhaltestelle. Immer wieder liefen Menschen an ihnen vorbei, schenkten ihnen aber keine Beachtung. Warum auch? Man lebt ja sein eigenes Leben. Da kümmern einen nicht die Schicksale anderer.

»Weißt du noch, an dem Tag, wo wir zum ersten Mal Hand in Hand spazieren waren?«

Schon wieder nickte das Mädchen. Sie erinnerte sich. Noch immer fanden die Erinnerungen der letzten Wochen einen Platz in ihrem Speicher der vergangenen Geschichten.

Lieber hätte er sich ein paar Worte gewünscht, als ein einfaches Nicken.

Doch dieser Moment war nicht der Richtige, um nachzuhaken. Schließlich wollte er etwas von ihr. So machte es zumindest den Anschein.

»Du kannst mir alles sagen, egal was es ist.«

Das wusste er. Das hatte er schon oft getan. Die Sekunden, Minuten, Stunden, die sie schon zu zweit verbrachten, hatte er immer wieder genutzt, um sein Leid jemanden anzuvertrauen.

Auch sie, das Mädchen, wusste, dass wenn sie mal Probleme hatte, es jemanden gab, der immer ein offenes Ohr für sie haben würde.

Egal, wie spät es wäre.

In wenigen Minuten käme die Straßenbahn und würde sie von diesem Moment stehlen, dachte sich der Junge und packte seinen Mut.

»Ich bin vielleicht nicht der Junge, der sich zwischen den Jungs, mit denen du sonst so verkehrst einreiht. Ich bin nicht gerade der Junge, der unbedingt den Scheinwerfer im Gesicht spüren will. Ich bin der Junge, der einfach gerne jemanden an seiner Seite hätte.«

Fast schon poetisch verfiel er in einen Rausch aus Zusammenspiel von Wörtern, die seiner Liebe Ausdruck verleihen sollten.

Er wusste nicht, wie er sagen sollte, dass er sich in sie verliebte. Ohnehin, an diesem Punkt hätte sie das schon erkennen müssen.

Doch nichts. Das Mädchen blieb still auf der Stelle stehen.

Wieder trafen sich ihre Blicke.

Und nun? Das dachten sich beide. Wer würde jetzt etwas sagen?

Der Junge, dem das Herz immer weiter in die Hose rutschte oder das Mädchen, welchem klar war, was er von ihr wollte, aber einfach kein Wort von den Lippen bekam?

»Mir ist bewusst, dass das hier nicht der schönste Ort ist, um seine Liebe zu gestehen.«

Jetzt hatte der Junge das Wort in den Mund genommen:

Liebe.

Das Mädchen war nun offensichtlich mit der Liebe des Jungen konfrontiert worden.

»Kannst du bitte etwas sagen?«, sagte er und schaute leicht zu ihr hoch.

»Ich ...«, begann sie zu stottern.

Was sollte sie auch groß sagen?

Immerhin war er derjenige, der das Gespräch leiten sollte. Es ging ja um seine Gefühle.

»Hast du eigentlich noch meinen Schal?«

Das Mädchen lächelte.

Natürlich hatte sie seinen Schal noch. Es ist nur wenige Wochen her, dass er ihr seinen Schal geliehen hatte.

Sie waren unterwegs, es war kalt, sie trug nur eine leichte Jacke und er hatte seinen schwarzen Schal um den Hals gebunden. Der Junge nahm den Schal ab und legte ihn ihr um den Hals. Sie freute sich. Das konnte man erkennen! Der Schal war noch immer bei ihr. Das war ihm wichtig. So hatte er immer einen Platz bei ihr. Nah bei ihr. Egal, wie alles ausgehen würde, er wäre immer in ihrer Nähe. Er war da, um sie zu beschützen. Vor der Kälte, die auf der Welt herrschte.

»Ich habe mich in dich verliebt«, brachte der Junge noch einmal zum Ausdruck.

Eindeutiger hätte ein Geständnis der Liebe nicht sein können.

Es waren nur noch wenige Sekunden, bis die Straßenbahn käme und die beiden getrennte Wege gehen müssten. Es stellte sich nur die Frage, inwiefern man getrennt betiteln müsste?

Ein Abend vor dem Treffen war der Junge allein unterwegs gewesen. Den Kopf frei zu bekommen.

Ein Abend vor dem Treffen war das Mädchen mit ihrer besten Freundin unterwegs.

Spaß haben.

Die Sorgen in Alkohol ertränken. Was für sie der Alkohol war, war für ihn die Zigarette. Beide suchten sich immer wieder Wege, die Gedanken auszublenden. Ihr Alter schreckte sie beide nicht von solchen Wegen ab. Außerdem war man ja heutzutage angesagt, wenn man schon in frühen Jahren Alkohol oder Zigaretten konsumierte.

Alkohol ist schlecht, war des Jungen Meinung.

Zigaretten stinken, fand das Mädchen.

Beide wollten sich gegenseitig vom jeweils anderen abhalten.

Doch keiner schaffte es, den anderen zu überzeugen. Die Gier war zu stark. So wie des Jungen Gier nach einer Liebe.

Gleich kommt die Straßenbahn, hielt sich der Junge vor Augen.

»Ich liebe dich.«

Der Junge sagte es noch einmal, obwohl das Mädchen es schon wusste. Beide Blicke trafen wieder aufeinander.

Das Mädchen, welches eben noch im festen Stand mit beiden Beinen auf dem Boden haftete, löste sich von ihrer Position und bewegte sich auf den Jungen zu.

Wollte das Mädchen ihn küssen?

Einen größeren Wunsch, als die Situation, dieses unangenehme Gespräch so enden zu lassen, würde ihn jetzt mehr als nur befriedigen.

Sie näherte sich ihm und der Junge wusste nicht, was nun geschah. Das Mädchen umarmte ihn und legte ihren Kopf auf seine Schulter.

»Ich versuch normal damit umzugehen.«

Sie ließ von ihm ab.

Er nickte.

Hätte er weinen können, würde es ihm die Angespanntheit zulassen, dann hätte er nun geweint, doch er konnte nicht.

Der Junge nickte noch immer.

Der Blick des Mädchens war inzwischen auf den Boden gefallen.

Die Straßenbahn kam.

Der Junge griff in seine Jackentasche und holte einen gefalteten Zettel hervor.

»Was ist das?«, meinte sie mit fragwürdigen, großen Augen.

»Ein Brief. Hab ich für dich geschrieben.«

Die Straßenbahn hielt an und die Türen öffneten sich.

»Und warum hast du noch einen Brief für mich geschrieben?«
»Ich war mir sicher, dass das hier so enden wird.«
Das Mädchen nahm den Brief aus seiner Hand und steckte ihn in ihre Tasche.
Beide schauten sich an und wieder lag diese Stille in der Luft.
»Du musst!«, sagte er, »Sonst fahren die ohne dich los.«
Das Mädchen stieg in die Straßenbahn. Die Türen gingen zu.
Er konnte seinen Blick nicht von ihr lassen. Sie schaute auf den Boden. Es tat ihr Leid. Sie konnte nicht ertragen, ihn so fertig zu sehen. Er ließ sich zu Boden fallen. Seine Kräfte waren verbraucht. Die Straßenbahn verschwand. Alles war dunkel. Die vereinzelten Lichter der Laternen, das Aufblitzen der Fahrzeugscheinwerfer ließen die Dunkelheit nicht so stark wirken. Der Junge setzte sich an die Haltstelle. Eben noch zu zweit, war er nun allein. Im Wechsel der Gefühle, über Stolz, den Mut gehabt zu haben, seine Liebe zu gestehen, zwischen der Trauer, über die nicht erfüllte Zweisamkeit.

Der Junge wusste noch nicht mal, ob sie den Brief überhaupt lesen würde oder gleich entsorgen.

Er war sich nicht mal sicher, wie es nun weitergehen sollte. Würde er sie jemals nochmal sehen?

Er wusste nur, dass seine Hoffnung zuletzt gestorben war.

So lief er zurück. Nach Hause. Wo der Alltag auf ihn wartete und neue Herausforderungen in den Mittelpunkt stellen würde. Der Weg war lang, so dass ihm eine Zigarette den Heimweg versüßen sollte. Mehr oder weniger.

HAMBURG
REISETAGEBUCH TEIL 1

Die Busse kamen ins Rollen. Unsere letzte gemeinsame Fahrt stand nun an und diesmal führte es uns nach Hamburg. Von Fahrten, welche ich davor schon mit meinem Jahrgang gewohnt war, wusste ich, dass auch die Abschlussfahrt nur ein Highlight in meinem Buch, welches sich *Leben* nennt, werden sollte. Ich freute mich, mal nicht in irgendein verschlafenes Nest zu fahren, sondern in eine lebende Metropole. Zwar fuhren andere Klassen nach Spanien, Frankreich oder auf Sylt, aber wer mag sich schon beschweren. Fahrt ist Fahrt! Die Räder des Busses, in welchem ich untergekommen war, bretterten nahezu über die Autobahn. Der Blick aus dem Fenster gab mir die Möglichkeit auf Wälder, Raststätten, Staus, noch mehr Wälder und Raststätten, längere Staus, wieder Wälder und Raststätten zu blicken. Und das ganze sechs Stunden lang. Ich erspare Ihnen hier beim Lesen meine Erkenntnisse über immer gleiche Wälder und Raststätten auszuführen. Stellen Sie sich das einfach so vor, als würde ein Kassettenrecorder einen Sprung haben und immer wieder das gleiche Lied abspielen. Nach wenigen Minuten würden Sie entweder den Kassettenrecorder abstellen, oder entsorgen. Da es nicht in meinen Kräften lag, Wälder oder gar Raststätten umzusetzen, musste ich also mit dieser Umgebung, während der Fahrt klarkommen. Wirklich glücklich, machte mich das nicht. Ich hielt mir einfach ständig vor Augen: Fahrt ist Fahrt. Schon ab diesem Moment galt diese Phrase als Überschrift für die gesamte Reise. Nach sechs Stunden waren wir endlich da. Hamburgs beeindruckender Hafen blickte mir in die Augen. Was bei mir Ehrfurcht auslöste, löste bei meinen Schulkameraden ein starkes Gähnen aus. Als wir dann noch erfuhren, dass nun nach unserer sechsstündigen Busfahrt eine Sightseeingtour auf uns warten würde, begannen die ersten mit den Augen zu rollen. Ehrlich gesagt, auch ich, der sonst über Ausflüge nie ein schlechtes Wort verlor, konnte meine Motivation nicht mal mehr spielen. Am liebsten wäre ich auf mein Zimmer gegangen, hätte mich ins Bett geworfen und erstmal eine Runde Energie getankt. Wir wurden in kleine Gruppen eingeteilt und mussten uns nun, das auch noch, im Fünfergespann durch Hamburg machen. In den Händen hielten wir ein Arbeitsblatt, welches wir während unserer Sightseeingtour, die wir selber führten, ausfüllen mussten. Normalerweise war ich von solchen Touren gewohnt, etwas Neues über die Stadt von einem erfahrenen Tourguide zu erfahren. Nun war ich mein eigener Guide. Ich hätte nicht viel erzählen können über Hamburg. Außer natürlich über die Anfahrt und somit Hamburgs vortreffliche Raststätten, sowie den immer gleich aussehenden Wäldern. Aber darüber habe ich Sie ja bereits informiert. Es dauerte nicht lange, da zog das erste Mitglied meiner Gruppe ein Handy hervor und öffnete eine Karte. Unsere Aufgabe bestand darin bestimmte Orte zu finden und dann Merkmale aufzulisten oder Fragen zu beantworten.

Das Internet sollte uns nun helfen. Scheinbar war Berlin, von wo wir anreisten, in keinem großen Gegensatz zu Hamburg. Denn auch hier ließ der Internetempfang auf sich warten. Da fühlte man sich gleich wieder, wie zu Hause. Wir beschlossen erst einmal ohne die Hilfe unserer Mobilfunkgeräte weiterzuwandern. Es wäre nur fair den anderen Gruppen gegenüber. Hamburg machte einen wirklich guten Eindruck. Als gebürtiger Berliner, war ich schlimmeres gewohnt. Wir liefen am Hafen entlang und waren mit unseren Gedanken weit entfernt vom Aufgabenblatt. Manch ein Gruppenmitglied war damit beschäftigt, Bilder von sich selbst zu machen, ein anderes suchte hoffnungslos nach Empfangsbalken und ich war mittendrin im Geschehen. Vielmehr machte ich mir Gedanken, welches Hotelzimmer auf mich warten würde. Im Internet machten die Bilder einen wirklich guten Eindruck. Da ich von vorherigen Fahrten gewohnt war, mit der schlimmsten möglichen Zimmersituation konfrontiert zu werden, sah ich der Sache relativ gelassen entgegen. Was konnte schon schlimmer sein, als ein Zwölferzimmer mit nur einer Dusche und Toilette!? Sie haben sich nicht verlesen. Ich habe schon so einiges hinter mir. Es vergingen Minuten in denen wir orientierungslos durch Hamburg liefen. Nun war ich, der eigentlich immer anstrebte, eine Aufgabe ehrlich zu lösen, um wie bereits erwähnt fair zu bleiben, auch dafür das Internet zu befragen. Als ich dies meinen Gruppenmitgliedern mitteilte, dauerte es keine Sekunde bis jeder sein Handy zückte und die Fragen in die Suchleiste tippte. Prompt hatten wir sämtliche Routen, Antworten und ein ruhig schlagendes Herz. Der Schreibführer der Gruppe übernahm alles, während wir wieder langsam dabei waren den Weg fortzusetzen. Immer wieder trafen wir auf andere Gruppen, die mit den gleichen Gewissensbissen kämpften. Am Ende, das verallgemeinere ich jetzt mal, hatte wohl jeder sein Handy in der Hand. Über eine Stunde verging, bis wir uns wieder am Parkplatz der zwei Busse versammelten. Die Arbeitsblätter wurden von den Lehrern mit keiner großen Beachtung entlohnt. Lediglich nahm man sie in die Hand und steckte sie in eine Klarsichtfolie, wo sie wahrscheinlich jetzt immer noch vor sich dahinleben. Die Tür zu meinem Bus öffnete sich und ich stieg ein. Die Reise ging weiter. Nun war es wirklich schön, einen Blick aus dem Fenster zu wagen. Die Speicherstadt, beeindruckende Bauten und fröhliche Touristen, die von jedem Gebäude, jedem Straßenschild ein Foto machten, konnte man sehen. Innerlich wusste ich, das Hamburg mich jetzt nur noch positiv beeindrucken könnte. Wieder hatte ich gehofft, dass mein Bauchgefühl im Recht liegen würde. Der Bus hielt an und stoppte vor einem riesigen, grauen Klotz. Das war also unsere Unterkunft!? Offene Fenster, aus welchen Geschrei ertönte, Vorhänge, die aus den Fenstern wehten und weitere Busse, die vor dem Hotel parkten. Das versprach einiges. Währenddessen die meisten Mädchen am liebsten ihren Koffer genommen hätten, um den Heimweg anzutreten, nahm das Mädchen, welches neben mir Platz genommen hatte, mein Handy in die Hand und schickte ein Bild der Unterkunft an meine Eltern.

Diese reagierten daraufhin mit einem *Daumen nach Oben* - Smiley. Böse Zungen könnten behaupten, dass das der Luxus der DDR war. Der Bus fuhr noch einige Runden um den Gefängnisblock, pardon, das Hotel und kam zum Stoppen, als er endlich eine geeignete Stelle vorfand. Wir wurden aufgefordert den Bus zu verlassen, unsere Koffer abzuholen und die Lobby des Hotels zu betreten. Man würde uns dann unsere Zimmerkarten aushändigen und erstmal Zeit für uns geben. Das hatte ich auch bitternötig. Auf dem Weg zur Lobby stellte ich mir noch weitere Fragen: Mit wem verbringe ich die Nacht in einem Zimmer? Wer würde unser Nachbar sein? Wie sehen die Zimmer jetzt wirklich aus? Fragen über Fragen. Aber ändern, konnte ich eh nichts mehr. Wieder hielt ich mir vor Augen: Fahrt ist Fahrt. Ich betrat die Unterkunft.

ÜBERKÜSSEN

Letztens war ich mal wieder im Internet unterwegs. Mit der Zeit und wenn einem hin und wieder die Langeweile plagt, klickt man auf die ein oder andere Verlinkung. Dies tat ich immer und immer wieder und landete zu guter Letzt bei: GuteFrage.net

Unveränderter Kommentar eines Nutzers

der erste kuss und schon kritik!:((

»Hallo, ich bin 15 jahre alt und hatte gestern meinen aller ersten kuss! :)) ich war übergkücklich und mir hat es gefallen. Aber der junge war nachdem eine wenig komisch drauf und sagte mir ich geb dir mal einen Tipp, falls wir uns das nächste mal mal küssen sollte ich mehr duckface mässig machen machen.. >.< ?! Da fühlte ich mich voll doof und mies, habe ich denn so schlimm geküsst? obwohl er gesagt hat er fand es auch schön, und er liebt mich wirklich sehr! aber ich wollte nicht soo schlecht sein... :(hab gedacht ich habs fürs erste mal recht gut gemacht :/ er wusste auch nicht das es mein erster kuss war... danke für eure meinung«

Als ich diesen Kommentar las, zerbrach mir mein Herz. Mit welchem unfassbaren Gefühl die Verfasserin des Textes diesen Text ins Internet gesetzt hatte, ist nicht zu beschreiben!

Der Verfasserin ist es gelungen, in nur wenigen Zeilen eine Dramatik an den Tag zu legen, welche einen Goethe dazu bringen könnte, sich aus dem Grab zu erheben und sämtliche Texte neu aufzulegen. Das waren Emotionen, die zwischen den Zeilen hin und her tanzten. Ich möchte keine falschen Tatsachen an den Tag legen, aber ich nehme an, dass die Autorin stark geweint hat und sämtliche Buchstaben aus diesem Text davongeflossen sind. Einzige, nachvollziehbare Erklärung für dieses Schriftbild. Aber betrachten wir nun das eigentliche Problem. Ihr Freund, welcher wahrscheinlich schon etliche Beziehungen führte und deswegen von diesem Kuss, welcher in seiner Geschichte nur einer von vielen war, zutiefst enttäuscht, von dem eigentlich magischen Moment war, äußerte nur kurz danach starke Kritik an ihrem sogenannten "Kussverhalten". Anstatt seiner Freundin Mut zu machen, gibt er ihr sogar noch einige Ratschläge, wie sie ihre Lippen zu formen hätte. Gratulation! Wenn ich nicht gerade mit dem Tippen dieser Zeilen beschäftigt wäre, würde ich nun Beifall klatschen. Das Mädchen wurde nicht lange mit ihrem Problem allein gelassen. Prompt reagierten etliche, selbsternannte Beziehungs- und Paartherapeuten auf diesen herzergreifenden Kommentar.

Unveränderter Kommentar eines weiteren Nutzers

»So, jetzt find ich, solltest du kein schlechtes gefühl haben, klar ist das nicht so einfach, aber schließlich muss man das auch erstmal üben (so blöd sich das jetzt auch anhört). mit der zeit kennt ihr euch besser und merkt, wie der andere küsst bzw. geküsst werden will. geh das ganze einfach ruhig an, es bringt nichts, wenn du krampfhaft versuchst, es besser zu machen. Schließlich sollst du dich nicht überküssen sowas funktioniert nur aus dem gefühl heraus und mit sehr viel gefühl, also nur mut, du schaffst das schon!«

Überküssen.
Interessante neue Wortkreationen legten sich auf dieser Internetseite an den Tag. Dieser Nachmittag verwandelte sich nun in einen der unterhaltsamsten, welchen ich je hatte. Nun versuchte ich zu analysieren, was die Antwort, dem Mädchen bringen sollte:
Der Verfasser dieses Kommentares plädiert also dafür nicht, wie es vielleicht angemessen wäre, mit dem Jungen offen über diese, doch merkwürdige Kritik zu sprechen, nein, das Mädchen solle fröhlich weiter durch die Welt küssen, aber, diesen Kontext verstehe ich nicht im Kommentar, sich nicht überküssen. Mit wie viel Langeweile muss der Tag geplagt sein, wenn ich jetzt schon solche Kommentare auseinandernehme und nach dem Sinn in ihnen suche. Durch den Deutschunterricht in der Schule, habe ich gelernt, alles mit einem zweiten Blick anzusehen. Abschließend kann man sagen, dass das Mädchen es sich einfach nicht gefallen lassen sollte. Mal sehen, was als nächstes kommt.

»Mein Freund beendete die Beziehung, als er mich ungeschminkt gesehen hat!!! :(«
oder ...
»Schon wieder aus! Bin letztens mit dem falschem Fuß aus dem Bett gestiegen, das hat ihm nicht gepasst.«
Es gibt so viel mehr, als sich nur zu küssen. Ich schloss das Internet und griff zu einem Buch.

ROTES TUCH

Ich öffnete meine Augen. Wo war ich? Alles um mich herum war so dunkel. Ich konnte mich nur schwer bewegen. Mit meiner ganzen Körperkraft lehnte ich mich gegen eine schwere Schranktür und öffnete diese von innen. Ich befand mich also in einem Schrank! Aber warum? Wie kam ich an diesen Ort? Ich schaute mich um. Meine Augen wanderten durch den Raum. Das sah aus wie mein Zimmer. Mein Bett, der Schreibtisch an dem ich jeden Tag widerwillig meine Schularbeiten erledige, mein Bücherregal, was als Staubfänger dient und das moderne Sofa, was wir von dem geerbten Geld unserer verstorbenen Großeltern kauften. Wir hatten vor einigen Tagen alles neu renoviert, da ich mich nun wie ein richtiger Jugendlicher fühlen wollte! Die alten Kinderbücher, meine Legosammlung, alles haben wir entsorgt oder an Freunde verschenkt. Das ist wirklich mein Zimmer! Alles sieht so groß aus! Ich blicke nach oben. Die Decke scheint für mich Kilometer entfernt zu sein. Mit kleinen Schritten und kräftigem Atmen, laufe ich zu einem großen Spiegel, den wir vor einigen Tagen an der Wand anbrachten. Ich muss blinzeln. Bin das ich? Sicherlich träume ich nur! Ein kugelrunder Bauch, viele Haare, ein rotes Tuch um den Hals, die kleinen Ohren ... Das war doch nicht ich?! Ich konnte nicht glauben, was ich da im Spiegel sah. Als ich mich selber kneifen wollte, bemerkte ich, dass meine Hände so anders aussahen. Kleine, braune, mit Haaren überzogene Pfoten fielen mir ins Auge. Fragezeichen durchwanderten meinen Kopf. Sekunden der Stille folgten. Nun fiel es mir ein. Wie eine Glühbirne, die auf einmal angeht, hatte ich eine innere Eingebung. Ich erinnerte mich, dass mein Teddybär so aussah. Das kann doch nicht sein! Ich musste mich irren. Träume laden ja oft zu wilden Reisen ein, aber das schien so real zu sein. Ich sah aus, wie mein Teddybär, der mich seit meiner Geburt begleitet hatte. Vor Wochen haben wir ihn in eine Kiste gepackt und im Schrank verstaut. Er war mir peinlich geworden. Immer wenn Freunde oder gar meine Freundin zu Besuch kamen, belächelten sie mich immer. Ein kleines, verzogenes Lächeln konnte ich auf ihren Lippen ablesen. Auch, wenn er einer der ersten war, der da war, als ich das Licht dieser Welt erblickte, war ich nun zu alt geworden. Im selben Moment, stellte sich mir eine Frage: Kann man eigentlich für etwas zu alt werden? Nur weil eine Zahl dein Alter bestimmt, muss sich das gleich auf deine Interessen und dein Umfeld beziehen. Ich verzog mein Gesicht. Immer wieder warf ich einen Blick in den Spiegel. Das sah wirklich aus, wie mein geliebter Teddybär. Damals nannte ich ihn immer: Ben. Ich mochte den Namen sehr. Ich hatte mich nie richtig von Ben verabschiedet. Meine Mundwinkel zogen sich nach unten. Mein Herz begann so kräftig zu schlagen, dass ich den Rhythmus auf meinem Fell fühlte. Kuscheltiere haben also auch ein Herz?

Ich hatte Ben einfach weggepackt, ohne ihm etwas zu sagen und nun glaubte ich, so zu fühlen, wie er. Man sagt doch: Auf Wiedersehen, oder? Ich mag es doch auch, wenn Leute mich wahrnehmen. Er wurde in eine Kiste gepackt, verstaut und nicht mehr angerührt. Ben war einfach so weg. Wie ausgelöscht aus meinem Leben! Wie eine ausgerissene Seite aus einem Buch. Ein Buch mit einer fehlenden Seite ist kein Buch mehr, denn es fehlt etwas Entscheidendes. Jede Seite macht das Buch zu einer gesamten Geschichte. In diesem Fall: Meiner Geschichte. Irgendwie fehlte Ben ja schon in meinem Buch. Ich hab mich damals beim ihm ausgeweint, mit ihm gelacht, wir sind auf den Spielplatz gegangen, haben dort geschaukelt und gedacht, wir könnten fliegen, wenn wir hoch genug kommen würden. Ben kannte meine erste Freundin, hat mir bei den Hausaufgaben geholfen, mit uns Abendbrot gegessen und ist mit mir eingeschlafen. Jetzt bin ich zu alt für ihn? Ich ließ mich auf den Boden nieder. Immer noch warfen meine Augen einen Blick in den Spiegel. Ich war tatsächlich Ben. Ich hatte die Gestalt meines Teddybären. Ich war jemand anderes und kam mir trotzdem nicht fremd vor. Das rote Tuch, was ich ihm von einem Einkaufsbummel aus der Stadt mitbrachte, bestätigte das für mich. Ich war Ben, mein Teddybär. Es war zwar nur ein Teddybär, den jeder einmal zu Hause hatte, aber irgendwie begleitet einen so ein Wesen aus Stoff jahrelang. Langsam wurde mir bewusst, was ich eigentlich getan hatte. Ich wollte nicht mehr in den Spiegel schauen! Meine Pfoten fielen vor meine Augen. Hätte ich Tränen aus meinen schwarzen Knopfaugen bekommen können, so hätten sie sich zu einem See aus Trauer und Selbsthass geformt. Was hatte ich nur getan? Es tat mir leid. Kurz herrschte einfach nur Stille im Raum. Dann ließ ich meinen Augen wieder freie Sicht. Der Spiegel zeigte nun wieder mich. Meine braunen Haare, die blauen Augen und der schmächtige Körper. Das bin ich! Der kleine Junge, der sich groß fühlen will, weil ihn eine Zahl näher zum Erwachsensein bringt. Ich tastete meinen Körper und mein Gesicht ab. Kein Fell mehr! Ich öffnete den großen Schrank in dem sich eine Kiste befand. Sie wurde geöffnet und da saß er: Ben. Als wäre nichts gewesen, schaute er mich mit seinem aufgenähten Lächeln an, was trotzdem so ehrlich aussah. Ihm fehlte sein rotes Tuch.

Ich schaute in den Spiegel. Das rote Tuch befand sich an meinem Hals. Ich hatte nicht geträumt. Ich hatte nicht geträumt! Ich hab der Realität ins Gesicht gesehen und begriffen, was es heißt, mit etwas abzuschließen. Ich war der Teddybär, den ich so lieblos weggepackt hatte. Das war kein Traum. Ich zog das rote Tuch von meinem Hals und legte es Ben um. Ich umklammerte seinen kleinen Körper und setzte ihn auf mein Fensterbrett.

BRIEFE SCHREIBT MAN NOCH

Das war nicht der letzte Brief, dachte sich Walter und griff zu seinem Bleistift.

Mittlerweile ist es zwei Monate her, als Elizabeth, seine Ehefrau, für immer ihre Augen schloss. Noch immer nagt dieser Tag am Herzen von Walter. Seinen Kindern nach zu urteilen, wäre er ab diesem Tag noch grauer geworden. Äußerlich, als auch vom Charakter.

Elizabeth und Walter waren dreißig Jahre ein Paar gewesen und nichts konnte sie auseinanderbringen. Wenn es Streit gab, wurde dieser kurze Zeit später besänftigt. Man hatte Angst, der Streit würde tiefe Wunden hinterlassen, deshalb suchte man sofort ein offenes Ohr beim jeweils anderen. Jeden Sonntag, das war Tradition, verbrachten sie ihren Krimiabend gemeinsam vor dem Fernseher und rätselten, wer der Mörder sein könnte. Aber, dies war nicht die einzige Tradition, welche Elizabeth und Walter pflegten.

Zum ersten Mal traf er auf sie, als seine jüngste Tochter, aus erster gescheiterter Ehe einen Flohmarkt im Garten veranstaltete. Walter half beim Aufbau und Verkauf.

Während seine Tochter sich um die Kinder kümmerte, managte er die Finanzen und kam mit den Besuchern ins Gespräch.

Er war der Meinung, dass die Kunden mehr kaufen würden, wenn man eine Sympathieebene aufbaute. Walter sollte Recht behalten! Seine Tochter wurde den gesamten Ramsch los, welcher sich die letzten Jahre in ihrem Keller ansammelte. Zudem sprang viel Erlös in die Geldkonserve. Als der Flohmarkt zu Ende war und die beiden mit den Aufräumarbeiten begangen, schlich sich eine, damals noch junge Dame in den Garten. Es war Elizabeth. Walter hatte sie zu diesem Zeitpunkt noch nie vorher gesehen, obwohl das Dorf, in welchem sie alle wohnten, nicht gerade das größte war. Seine Augen sprachen aber für sich. Seine Tochter, sein eigen „Fleisch & Blut" konnte an ihnen ablesen, dass ihr Vater sich nach vielen Jahren der Ruhe, mal wieder verliebt hatte. Bei Elizabeth sah es nicht anders aus.

Es dauerte nur wenige Tage, da trafen die beiden, nun geplant aufeinander. Sie gingen ins Café, besuchten einen Tanzabend, lernten die Freunde des anderen kennen und entdeckten ihre Liebe für die Literatur.

Elizabeth hatte daheim, in ihrem kleinen Haus, in der Nähe eines Gewässers einen riesigen Buchfundus. Sie konnte sich schwer von Büchern trennen, weshalb sie jedes Exemplar aufhob. Jeder Autor, jeder Dichter war in ihrem Bücherregal vertreten. Daraufhin beschloss Walter auch etwas für Elizabeth zu schreiben.

Er setzte sich an seinen Schreibtisch und verfasste einen Brief für seine Herzensdame. Es dauerte nur einen Tag, da drückte ihr Walter den Brief in die Hände. Elizabeth war so gerührt von dieser kleinen Aufmerksamkeit, dass ihre Augen so enorm strahlten, wie Walter es noch nie zuvor bei einer Frau gesehen hatte. Ein warmes Gefühl durchwanderte seinen Körper und er wusste, dass er dieses Gefühl nie wieder missen wollte. So setzte er sich ab diesem Tag, jede Woche einmal, an seinen Schreibtisch und verfasste einen Brief für Elizabeth. Er wusste immer schon eine Woche vorher, was er in den Brief für die nächste Woche schreiben würde. So motiviert ging er an das Schreiben heran.

Die Jahre vergingen und man könnte meinen, dass sie sich jeden Tag besser verstehen würden. Sie lernten von den Lippen, des jeweils anderen zu lesen, besuchten sogar eine Chorgemeinschaft, aus welcher sie aber schnell wieder ausstiegen, weil ihnen die Energie fehlte. Sie fühlten sich nicht alt und wollten es nicht sein.

Eines Tages, wohl kaum einer hatte damit gerechnet, lag Elizabeth mit starken Schmerzen im gemeinsamen Ehebett. Mit jedem Ton, welchen sie aus sich herausbrachte, verlieh sie ihren Schmerzen Schwere. Walter hatte sie noch nie so gesehen. Grau, vom Leben abgearbeitet und zusammengekauert auf dem Bett.

Elizabeth kam ins Krankenhaus, wurde behandelt und von Walter jeden Tag besucht. Es war ein Donnerstag, als Walter, wie gewohnt mit Blumen und einem Brief das Krankenhaus betrat. Doch heute schien alles so anders. Walter spürte, dass dieser Tag ein schwarzer werden würde. Mit einem Grummeln im Magen betrat er das Zimmer seiner Frau und musste mit erschrecken feststellen, dass sich sämtliche Ärzte mit gesenktem Kopf vor

Elizabeth, welche seelenruhig auf ihrem Bett lag, versammelt hatten.

»Wir wollten Sie gerade kontaktieren!«, sagte der Oberarzt.

Dann verließen alle weißgekleideten Personen das Zimmer und ließen Walter zurück. Dieser legte seinen Kopf auf Elizabeths Bauch und fing an zu weinen. Mit zittrigen Händen öffnete er den Brief und begann ihn vorzulesen.

Meine Elizabeth

Ich habe aufgehört zu zählen, wie viele Briefe ich bereits für dich geschrieben habe. Jeder Brief ist wie der erste für mich.

Momentan schwebt über uns ein großes Unwetter. Aber wir beide wissen:

Nach dem Regen kommt die Sonne.

Deine Schwester hat angerufen und gemeint, sie würde sich freuen, dass du sie mal zurückrufen könntest, sie vermisst deine Stimme.

Herzlich, Walter

Er faltete den Brief zusammen und legte ihn auf ihr Gesicht. Dann verließ er das Krankenhaus.

Nur wenige Tage später fand die Beerdigung statt. Walter wollte nicht an ihr teilhaben. Er wollte nicht die Worte des gebuchten Redners hören, welche keine Emotionen in sich hatten. Selber reden, das konnte er nicht, dafür war er mittlerweile zu schwach geworden.

Für viele war mit dem Tod Elizabeths ein weiterer Mensch auf der Welt gestorben. In Walters Augen, war der einzige Mensch auf der Welt verstorben. Jeden Tag, das war seine Pflicht, ging er nun zum Grabstein und legte ihr frische Blumen auf das Beet. Dann setzte er sich ein paar Minuten auf den Boden und schaute einfach auf die Worte, welche man auf den Grabstein schrieb.

Nach dem Regen kommt die Sonne.

Walters letzte Worte, in dem Bewusstsein, seine Frau wäre noch unter den Lebenden.

Einmal in der Woche setzte er sich an seinen alten Eichentisch und griff zu Papier und Stift. Er schrieb einen Brief für Elizabeth. Er wollte sie noch immer teilnehmen lassen am Leben. So berichtete er von seinen Ausflügen, Tanzabenden, welche er nun allein verbrachte und die Nächte, wenn er allein rätselte, wer denn nun der Täter sein könnte im Krimi.

Walter schrieb ihr immer detailliert alle Geschehnisse auf, lief dann zum Grab, faltete den Brief auf, las ihr den Brief vor und anschließend legte er ihn aufs Grab und ging.

In einer Sache, war er sich sicher:

Ein Tod ist noch lange kein Ende. Briefe schreibt man noch.

JÖRG
DAS GESPENST

Es war schon spät, als sich der kleine Jörg aufrichtete, um seiner Arbeit nachzugehen: Dem Spuken. Jörg war schon hundertvier Jahre alt, gehörte aber immer noch zu den jungen Gespenstern auf der Burg Falkenwart. Wieder einmal sah er nicht glücklich aus. Woran das lag? Jörg hätte die Welt zu gern mal bei Licht gesehen. Bei Tag, wenn die vielen Kindern im Dorf spielen gehen, muss Jörg in seiner Holzkiste die Augen verschließen. Sonnenlicht, so meinen es seine Eltern immer, würde ihm nicht gut tun. Sie gingen sogar so weit zu sagen, dass alle Gespenster eine fürchterliche Sonnenallergie hätten und niemals auch nur einen Millimeter in die Sonne setzen dürften. Die Wärme und das grelle Licht täten ihm nicht gut. Das machte Jörg immer sehr traurig.

In seiner Holzkiste kam er nie zur Ruhe. Er streckte und reckte sich in alle Richtungen, weil er nie wusste, wie er am besten einschlafen könne. Meistens schloss er dann gar nicht seine Augen, sondern murmelte Melodien vor sich hin, welche er in der Musikschule für kleine Gespenster auswendig lernen musste. Wenn es dann Nacht wurde und das kleine Gespenst aufstehen musste, gähnte Jörg immer fürchterlich. Nicht nur einmal! Bis zu zwölfmal musste er mit großem Mund gähnen.

Nun hatte sich das Gespenst aufgerichtet und schaute sich auf dem Dachboden um. Der Mond schimmerte durch ein kleines Fenster und sein Licht traf auf die Spinnenweben, welche von der Decke hingen. Jörg schaute dem Mond immer gerne zu, wie er funkelte und mit seinem Licht spielte.

»Was schaust du so bedrückt, Jörg?«, sagte Greta die Spinne und enge Freundin von Jörg.

»Ach ich weiß nicht, Greta. Heute ist wieder einer dieser Tage, wo ich zu gar nichts Lust habe!«

Auf einmal wurden Gretas Augen ganz groß. Jörg lehnte seinen Kopf zur Seite und schaute ganz verdutzt.

»Du kannst ja reimen Jörg«, sagte die Spinne erstaunt.

Natürlich konnte Jörg reimen. In der Schule für kleine Gespenster hatte er schon früh lernen müssen, wie man Leuten am meisten einen Schreck einjagen kann. Da lehrte man ihm, dass die meisten Menschen Angst vor reimenden Gespenstern hätten.

»Das kann doch jeder und ist so leicht, wie eine Feder!«, sagte Jörg und lächelte.

Jeden Tag unterhielt er sich mit der kleinen Spinne.

Bisher war Greta noch nie aufgefallen, was für ein Talent Jörg hatte. Er konnte perfekt reimen, ohne lange nachzudenken.

»Kannst du mir was beibringen?« meinte die Spinne und erwartungsvoll schaute sie ihm in die Augen.

Greta war so aufgeregt, dass sich ihre acht kleinen Beine nervös hin und her bewegten.

Jörg schloss den Deckel seiner Holzkiste und setzte sich auf diese.

»Pass nur auf liebe Greta!«, fing er an zu reimen, »Ich bin Jörg, ein kleines Gespenst, welches bei Nacht aufwacht, um den Menschen einen Schreck einzujagen. Still und heimlich schleiche ich von Haus zu Haus, ganz leise, keiner darf mich sehen, da pass ich gut drauf auf!«

Die kleine Spinne klatschte mit ihren Beinen aufeinander und war noch immer ganz beeindruckt. Nun war sie an der Reihe. Jörg hatte ihr ein Reimschema gezeigt, welches sie nun auf ihr eigenes Dasein beziehen müsste.

Kleine Schweißtropfen perlten vom Kopf der Spinne. Vieles hatte sie von ihren Vorfahren gelernt. Wie man ein Netzt herstellt, in dem man wohnt und spielen kann oder wie man seine acht Beine am besten einsetzt. Aber das Reimen, hatte ihr noch niemand näher gebracht.

»Greta, ja das ist mein Name, um Mitternacht, da steh auf und wandere schnell und leise durch das ganze Hause, dank meiner acht Beine.«

»Unglaublich Greta, du kannst ja reimen!«, sagte Jörg und war so fröhlich, das er sein eigenes Leid für einen kurzen Moment vergessen konnte.

»Hättest du mir es nicht vorgemacht, hätte ich es nie geschafft!«, freute sich die kleine Spinne und hangelte dabei von Faden zu Faden.

Bei dem ganzen wilden Reimen hatte das kleine Gespenst seine eigene Pflicht ganz vergessen: Das Spuken. Ab dem hundertsten Lebensjahr, war jedes Gespenst verpflichtet, Angst und Schrecken zu verbreiten. Eigentlich mochte das Jörg nicht! Viel lieber hätte er Freundschaft mit einigen Gespenstern geschlossen, als sich gegenseitig zu vergraulen. Greta war seine einzige Bekanntschaft der letzten Jahre. Darauf war er auch sehr stolz, aber trotzdem hätte er sich jemanden an seiner Seite gewünscht, der vom gleichen Ast fällt, wie er. Oder vielleicht sogar einen kleinen Menschen mit dem er Fußball spielen oder basteln kann.

»Man Jörg. Du hast mir immer noch nicht verraten, warum du so traurig schaust! Bist du immer noch enttäuscht, dass du die Welt nicht bei Sonnenlicht sehen kannst?«

Das kleine Gespenst war traurig. So traurig, das sich seine Mundwinkel ganz weit nach unten zogen.

»Jörg. Ich würde dir gerne helfen! Du hast mir gezeigt, wie man leicht reimen kann, jetzt ist es für mich an der Zeit, dir einmal zur Seite zu stehen!«, sagte Greta und schwang sich auf Jörgs Schulter.

Umso länger sie sich ansahen, konnte Jörg nicht weiter traurig schauen. Bei Greta musste er immer lächeln.

»Und wie soll das gehen? Wie kannst du mir zur Seite stehen?!«

Die kleine Spinne sprang von Jörgs Schulter und huschte über den verstaubten Boden.

Das kleine Gespenst war sichtlich verwundert. Was hatte Greta denn nun vor?

Es dauerte nur wenige Sekunden da tauchte die kleine Spinne mit etwas Gepäck auf dem Rücken wieder auf.

»Was hast du denn da?«, fragte Jörg.

Mit der Hilfe ihrer Beine stellte Greta eine Tube vor Jörg ab.

»Das ist Sonnenmilch!«

Jetzt war das kleine Gespenst komplett verwundert. Noch nie hatte es etwas von Sonnenmilch gehört.

»Ist das etwas zum Trinken?«, fragte Jörg und wusste nicht wirklich etwas damit anzufangen.

Greta schüttelte den Kopf.

»Spinnst du? Das ist doch nichts zum Trinken. Damit reibt man sich ein und ist für eine bestimmte Zeit gegen die Sonne immun.«

»Imuwas?«, fragte Jörg und war zum wiederholten Male überfordert.

»Das schützt dich vor der Sonne. Damit kannst du am Tag rausgehen und musst keine Angst haben Ausschlag zu bekommen.«

Jetzt wurden Jörgs Augen ganz groß.

»Das kann mich vor der Sonne schützen?«, wiederholte das kleine Gespenst, weil es so überwältigt von dieser Milch war.

Greta drehte die Tube auf und drückte sie fest mit ihren Beinen zusammen.

Eine pralle Portion Sonnenmilch spritze auf Jörg und dieser begann sich sofort damit einzureiben.

Als jede Stelle bedeckt war und das kleine Gespenst jetzt noch weißer aussah als vorher sowieso schon, drehte Jörg die Tube zu und legte sie in seine Holzkiste.

»Und jetzt?«, fragte das kleine Gespenst.

»Jetzt warten wir auf die ersten Sonnenstrahlen«, meinte Greta und hangelte sich zurück an die Decke.

Jörg war so aufgeregt, dass er mal wieder die ganze Nacht wach blieb. Er murmelte Melodien vor sich hin und vergaß schon fast, dass er vielleicht in wenigen Stunden, die Welt bei hellem Licht erblicken könnte. Seine Augenringe wurden immer tiefer und tiefer.

Der Tag brach an und die ersten Sonnenstrahlen blitzen durch das kleine Fenster in den Dachboden.

Greta und Jörg waren sehr gespannt.

Eigentlich war es nun an der Zeit, das sich das kleine Gespenst in die Kiste legen würde. Doch heute war alles anders. Beide standen vor dem Fenster.

Der erste Sonnenstrahl fiel auf Jörgs Körper.

»Spürst du etwas?«, fragte Greta.

»So warm, angenehm, ein leichtes Kitzeln, tänzelte da auf mir herum!«

Greta lächelte.

Die Angst des kleinen Gespenstes war verschwunden. Wie Laub, davongeweht, wie Vögel, davongeflogen.

Er hatte keine Angst mehr.

»Na worauf wartest du noch?«, fragte Greta das kleine Gespenst.

»Soll ich wirklich gehen?«, erwiderte Jörg und war noch etwas skeptisch.

»Wenn nicht jetzt, wann dann?! Nun mach schon! Das war immer dein Traum und jetzt kann er in Erfüllung gehen. Heute Abend berichtest du mir dann von deinem Ausflug. Abgemacht?«

Jörg nickte.

Greta hatte Recht. Wenn nicht jetzt, wann dann! Das kleine Gespenst öffnete das Dachbodenfenster und huschte hinaus in eine ihm noch nicht bekannte Welt. Den Tag.

LICHT AUS

»In zehn Minuten ist das Licht aus!«

Hallo Deutschland. Ein »Hallo« an mein Land. Sag mal, geht es dir gerade gut? Fühlst du dich nicht auch manchmal im Stich gelassen? Früher haben alle lautstark deinen Namen in die Welt gebrüllt und heute, heute schämt man sich ein Teil von dir zu sein. Versteh mich bitte nicht falsch, aber manchmal wünschte ich mir, du wärst gar nicht da. Dann müsste ich nicht deine Verwandtschaft ertragen, welche Tag ein, Tag aus, Parolen in die Welt posaunt.

»In neun Minuten ist das Licht aus!«

Ich verstehe dich doch auch. Verwandtschaft sucht man sich halt nicht aus. Dass du momentan so still stehst, kann ich nur zu gut verstehen. Erst gestern war ich wieder in der Stadt unterwegs gewesen und habe ein paar Jugendliche Unruhe stiften sehen. Hampeln mit ihren Bierdosen vorm Getränkemarkt rum und brüllen Sätze, wie: »Schaut mich an, wie schlecht es mir geht, ich muss meine Sorgen in Alkohol ertränken!«

Deutschland, ich kann dich nur zu gut verstehen.

»In acht Minuten ist das Licht aus!«

Dabei hast du so viele schöne Seiten an dir. Betrachtet man sich nur einmal deine Landschaften. Gut, einige sind durch den Braunkohlebau stark verschandelt. Selbst "DIE ZEIT" verfasste einen Artikel und machte dich dafür verantwortlich. Fett und

Groß stand dein Name in der Überschrift. Doch, mein liebes Deutschland, ich frage dich, kannst du was dafür?

»In sieben Minuten ist das Licht aus!«

Als ich geboren wurde, lenkte man mich durchs Leben. Auf deinem Boden lernte ich stehen, wenn ich fiel, fingst du mich auf, eine kleine Wunde am Bein war nicht sehr schlimm, denn ich wusste, du hast es ja nicht böse gemeint.

Manchmal, da sitze ich auf meinem Bett und stelle mir die Frage, wie es mir wohl gehen würde, wenn ich einen Tag lang Deutschland wär.

»In sechs Minuten ist das Licht aus!«

Zeit vergeht, bleibt nie still stehen. Fahrzeuge, die über deine Haut fahren, ohne Rücksicht, Gas geben, stehen für ein Abbild des Lebens, welches nie heimlich auf leisen Füßen geht. Du kannst nicht still stehen. Das willst du auch nicht! Trotzdem würdest du dir wünschen, dass man auch mal ein Auge auf dich wirft und nicht nur immer deine Wunden flickt.

»In fünf Minuten ist das Licht aus!«

Hast du schon einmal darüber nachgedacht, wie es wohl deinen Freunden geht? Über welches Leid sie klagen? Ich bin ehrlich, ich denke, dass du nicht alleine dastehst, sondern, und das ist gewiss, seit vielen hundert Jahren, ein Teil von etwas Großem bist.

»In vier Minuten ist das Licht aus!«

Bevor wir da waren, warst du ganz allein, und schufst einen Lebensplatz für viele Dinge. Den Sand im Buddelkasten meiner Schwester, hat man dir entnommen, die Tulpen auf dem „Kaffee und Kuchen" – Tisch meiner Oma, hat man dir geraubt. Wir alle wollen so viel von dir, doch was du willst, fragt dich eigentlich niemand. Interessiert es keinen? Immerhin ist es unser Land.

»In drei Minuten ist das Licht aus!«

Alle reden immer von dieser Vergänglichkeit, doch wenn es dann Schlag auf Schlag kommt, beachtet niemand die Zeit.

»In zwei Minuten ist das Licht aus!«

Wenn ich etwas gelernt habe, dann ist es Dankbar gegenüber dir zu sein. Dankbar zu sein, das du mich schützt, mir nicht den Boden unter den Füßen wegziehst, sondern mir Halt und Raum zum Leben gibt's. Du lässt den Verpestern ihren Raum, den Hasspredigern auf Land einen Fleck, für alle bist du da, doch wer ist eigentlich noch für dich da? Alle sagen immer, man raubt uns dich, aber in Wirklichkeit, hast du keine Angst vor Fremden, sondern vor deinen eigenen Menschen.

»In einer Minute ist das Licht aus!«

Als sich jeden Tag aufzuregen, über belanglose Dinge, sollte man viel mehr schätzen, was man hat und vor allem, sollte man dich schätzen! Irgendwann, dann ist so weit. Niemand wird da stehen und es rufen, aber wir werden es spüren.

»Das Licht ist aus!«

NATHALIE

Eigentlich kennen wir uns nicht. Wer sie ist, dass weiß ich nicht. Wer ich bin, das kann sie grob einschätzen. Aber was wir beide eigentlich denken, weiß keiner von uns so genau. Und warum das so ist? Wir reden nicht viel. Manchmal reicht ein Blick, welcher den ganzen Tag füllen kann. Ein Blick, welcher ein ganzes Gespräch beginnen oder enden lässt.

Die großen Dichter meinen immer, man würde sich in den blauen Augen verlieren, weil diese das Meer wiederspiegeln. Ich muss gestehen, seitdem ich sie kennenlernte, habe ich mich in braunen Augen verloren und treibe noch immer in ihnen.

Oft frage ich mich, was ich gemacht habe, als ich sie noch nicht kannte. Man hatte immer diese Freunde, die bei jedem Witz lachten, jedem Argument zustimmten und eigentlich nicht ehrlich waren. Ich hatte nicht den Freund. Ich hatte nur Freunde. Und jetzt, das hat einige Jahre gedauert, habe ich den Freund, den ich auch Freund nennen kann. Es ist kein Geheimnis, dass wir uns hin und wieder auf die Füße getreten sind. Die Zeit hat gezeigt, dass wir ehr doch die Freunde sind, die sich gerne an den Haaren ziehen, den anderen ab und zu ein Bein stellen, aber dennoch immer mit offenen Armen auffangen würden, wenn es der Moment verlange.

Der Wechsel zwischen Spaß und Ernst passiert innerhalb weniger Sekunden. Es reicht ein Anreiz des Anderen, um das Gespräch für einen Moment auf eine andere Bahn zu lenken. Und dann wird diskutiert! Miteinander ausgetauscht. Die Wahrheit über das eigene Leben ausgebreitet, die Trauer, und ja, auch die Liebe vergisst man nicht zu erwähnen.

Wir sind keiner dieser Freunde, die mit einem Armband oder gar dem Status zeigen wollen:

"Seht uns an! Wir verstehen uns gut."

Wir wissen es einfach. Das Gefühl im Kopf, jemanden da draußen sitzen zu haben, der einen versteht, egal, wie kompliziert die Lage scheint, ist manchmal das Beste, was man haben kann.

Wie gesagt, der Blick liegt manchmal schwerer auf der Waage, als das Wort.

Oft haben wir uns vorgestellt, wie es wäre, jetzt an einem anderen Ort zu liegen und einfach mal den ständigen Druck um sich herum zu vergessen.

Oft haben wir darüber gesprochen, wie es wäre, der Uhr ihren Zeiger zu stehlen und einfach für immer klein zu bleiben.

Gut, ich möchte nicht auf ihre Größe anspielen, denn wir beide sind nicht gerade die, die den ganzen anderen Bekannten von uns Konkurrenz machen würden.

Es ist schon ein Wunder, wie man manche Menschen kennenlernt. Manchmal aus dem Leid heraus, entwickelt sich ein neuer Schlag, ein neuer Impuls.

Ein altes Gewitter verblasst und man versucht wieder die schönen Seiten des Lebens zu sehen.

Wenn wir Sätze sagen, wie:

"Eigentlich mag ich dich nicht!"

"Kannst du bitte gehen. Ich möchte meine Ruhe."

"Also schön, bist du schon mal nicht!"
Heißt das eigentlich nur:
"Schön, dass es dich gibt."
Liebe kommt und geht im Leben. Freunde können bleiben. Wie vielen Menschen ist man schon im Leben begegnet, die für einen gewissen Zeitraum, auch wenn es nur dem eigenen Nutze diente, das Größte für einen waren?
Wie auf einer Welle wird man durchs Leben getragen, muss sich immer wieder neuen Herausforderungen stellen und wenn man Pech hat, schwimmt man allein in diesem Gewässer. Wird von Fischen zerpflückt, weil man nicht seinen Bergleiter zur Hand hatte, der einen vor Entscheidungen warnt.
Ich hoffe, das sage ich nicht des Textes wegen, das ich diesen Menschen, den ich erst vor wenigen Jahren kennenlernte für immer bei mir behalten werde und irgendwann auf der Parkbank sitze, während ich Enten füttere (Gut, soweit wollen wir es auch nicht kommen lassen) und über diese Zeilen spreche.
Ich bin mir sicher zu sagen:
Ich sehe, dass immer noch so.

Ach ja und Nathi, oft sage ich es nicht, aber:
»Schön, dass es dich gibt.«
Eine Freundschaftserklärung.

KÄLTE
ZUSAMMEN ENTSTANDEN MIT OLIVER HERRMANN

27. September 1995

Es war ein kühler Montagmorgen an dem ich mein Hotel samt Campingausrüstung verließ. Die Reise sollte uns auf den Mount Harley führen.

Du fragst dich sicherlich, was mich genau auf besagten Berg verschlägt? Ehrlich gesagt, ich weiß es nicht.

Meine Begleiter standen schon am Fuße des Berges bereit als ich ankam. Unter ihnen waren drei Frauen und vier Männer. Ich trug nicht viel bei mir. Nur etwas Proviant, Sachen zum Schlafen und mein Kletterequipment, welches ich zu Weihnachten von meiner Mutter bekam.

Vor Antritt der Reise wurden wir noch einmal vor den plötzlich wechselnden Wettern gewarnt. Das war für mich nichts überraschendes, dennoch baute sich in mir ein schummriges Gefühl auf. War es vielleicht ein Zeichen für das, was ich später erleben würde? Ich fasste mich und redete mir Mut zu.

Aus eigener Erfahrung wusste ich nicht, was sich in solchen Höhen abspielte, denn es war meine erste Reise auf einen Berg mit solch einer Höhe.

Natürlich habe ich mich gut informiert, ohne Vorahnung in etwas zu starten wäre zu riskant.

So gut wie jeder meiner Begleiter hatte bereits Erfahrungen in solchen Höhen gesammelt. Sie hatten kein unwohles Gefühl, bis auf Marie, der ging es so wie mir. Sie war 22 Jahre jung, mit langen blondem Haar und hatte bereits auch einige Erfahrungen im Klettern.
Wir begannen unsere Reise. In Zweierteams liefen wir hintereinander und kamen immer wieder ins Gespräch. Wie sich herausstellte, kam Marie, genauso wie ich, aus Berlin.
»Guck dir diese Landschaft an!«, sagte ich zu Marie.
Sie drehte sich zur Seite und es verschlug ihr den Atem.
Auf unserem Weg zum ersten Lagerplatz kamen wir an Orten vorbei, dessen Schönheit man nicht beschreiben konnte.
Die Reise war anstrengend und schmerzend für Arm und Bein.
Die Freude war groß, als wir endlich den Lagerplatz erreichten.
Bevor die Nacht einbrach, beschlossen wir unsere Reise für heute erst einmal zu beenden. Wir bereiteten ein kleines Lagerfeuer vor, um welches wir uns versammelten.
Nachdem immer mehr das Lagerfeuer verließen, um sich schlafen zu legen, entschloss ich mich, es ihnen gleich zu machen. Ich ging in mein Zelt und schlief ein.

28.September 1995
Durch sanftes Vogelgezwitscher und der Stimmen meiner Begleiter, wachte ich auf. Die Nacht war angenehmer, als ich dachte. Ich zog mich an und wir gingen weiter in die Richtung der Bergspitze. Am heutigen Morgen war es besonders kalt und leicht neblig. Keine Zustände, welche man sich wünscht, aber wir

mussten es hinnehmen. Wir liefen durch tiefe Matschschichten, die durch den Regen in der Nacht entstanden. Ich war froh, nicht meine teuren Wanderstiefel angezogen zu haben. Marie und ich unterhielten uns. Wir hatten mehr gemeinsam, als ich dachte. Nachdem wir an weiteren schönen Landschaften vorbeiliefen, kamen wir auf eine offene Fläche voller Schnee und Eis. Ein Regentropfen traf auf meine Hand. Es dauerte nur wenige Sekunden, bis er sofort einfror. Mein Blick fiel zum Himmel. Die Wolken zogen sich zusammen und es bahnte sich ein Sturm an. Der Wind wurde immer Stärker, meine Handschuhe froren ein, meine Hose zog sich zusammen, wurde härter und Eiskristalle bildeten sich auf der Oberfläche. Durch den dichten Nebel war es mir nur möglich, die eigene Hand vor Augen zu sehen. Der Regen verhalf dazu, den Rest meines Körpers zum Zittern zu bringen. Ein Blitz schlug hinter uns ein und brachte den Berg zum Beben. Etwas Eis löste sich von der Spitze. Nun fielen kleine Hagelkörner vom Himmel, welche mit einer beeindruckenden Wucht auf den mit schneebedecktem Boden prallten. Mir wurde immer kälter! Ein Eisklotz löste sich hinter uns und riss einen meiner Begleiter mit in die Tiefen des Berges. Eine Frau schrie und weinte, ein anderer Begleiter brüllte sie an, dass wir weiter gehen müssten um in Sicherheit zu gelangen. Genau das taten wir dann auch. Der Weg führte uns weiter, bis wir einen Unterschlupf fanden. Eine Höhle. Die Begleiter versuchten die Frau, des erst kürzlich verstorbenen, zu trösten. Es half alles nichts. Sie weinte die ganze Nacht. Verständlich.

Auch ich würde mich nicht beherrschen können. Ich versuchte zu schlafen, doch es war zu kalt. Ich zitterte. Ein lautes Beben weckte mich auf. Es wurde nicht stiller, denn immer wieder folgten kleine Beben, welche mir gehörig auf die Ohren schlugen. Die Lawine, welche sich vom Berg löste, bedeckte den Ausgang der Höhle. Wir versuchten zu graben, doch es half alles nichts. Das Eis war zu dick. Die Erkenntnis kam schnell: Wir saßen fest. Eingeschlossen von Tonnen Schnee. Ich fror. Etliche Gewissensblitze schossen mir in den Kopf. Auf meinem Grabstein soll nicht stehen, dass ich verhungert sei! Ich komm hier niemals raus! Was soll ich essen? Die Vorräte reichten nicht mehr lange. Ein weiterer Begleiter sackte neben mir zusammen. Ich kann nicht ... Was für Gedanken hatte ich? Ich spielte mit dem Gedanken mich an einem wehrlosen, schwachen Menschen zu vergehen, nur um meinen Hunger zu stillen!? Nein ich lasse es! Vielleicht gibt es ja doch noch Hoffnung. Komme ich, kommen wir hier lebend raus? Schaffen wir es? Mein Körper zog sich immer weiter zusammen. Ich hörte, wie mein Körper immer mehr zu Grunde ging. Die Verzweiflung frisst sich durch meinen Leib.

Nachtrag: Die Hoffnung scheint verloren, als ich diese Tagebucheinträge im Nachhinein verfasse.

27. Oktober 2017

Vor 21 Jahren kam bei der Deutschen Polizei ein Vermisstenbescheid ein, den sie an uns weiterleiteten. Seitdem suchten wir nach den Vermissten und wurden nun fündig. Wir fanden sieben Leichen in einer Höhle auf dem Mount Harley. Eine der Leichen trug ein Tagebuch mit sich, aus dem wir Informationen über ihre Reise erhielten. Der Tagebuchschreiber hinterließ keinen Namen. Wir konnten aus seinen Texten nur entnehmen, dass er ein zwanzigjähriger Mann aus Berlin gewesen sei. Er hatte gerade sein Studium zum Lehrer hinter sich und wollte, laut seiner Mutter, erst einmal ein halbes Jahr *Work and Travel* absolvieren. Die Leichen wurden zur Autopsie gebracht. Wir warten auf den Bericht der Ärzte, um einen, doch sehr unwahrscheinlichen Mord, auszuschließen. Was das ganze Team besonders berührte war ein Satz, welcher er im Tagebuch hinterließ: ×Mit Marie hätte ich in eine Zukunft blicken können.×

Der Anblick der Leichen versetzte mich in Schrecken. Man kann sich nur schwer vorstellen, was sich genau in der Nacht vom 28. auf den 29. September 1995 ereignete. Wenn man ganz ehrlich ist, möchte man sich dies auch nicht vorstellen. Vielleicht ist es manchmal besser nicht alles zu erfahren. Geheimnisse bleiben immer und werden wohl irgendwann immer tiefer vom Schnee bedeckt.

FREUNDSCHAFT

Kennst du mich noch? Ich bin der, den du vor langer Zeit mal besten Freund nanntest. Ich bin der, der dir geschworen hat für dich da zu sein, zu jeder Zeit. Ich war da, als du mich so tief fallen lassen hast und mir die kalte Schulter zeigtest. Ich war immer für dich da und hab in jeder Nacht zum Mond gerufen, dass ich dich zu keinem Preis der Welt verlieren möchte. Ich hab mit dir gelacht und hab dich in meinen Armen gehalten, als du in Tränen ausbrachst. Wir hatten große Visionen, bis zum Ende der Welt reisen und das Fliegen lernen. Gemeinsam stark gegen die vorgehen, die sich verändert haben. Nicht so sein, wie die, sondern anders. Anders, aber trotzdem ein Teil vom Ganzen sein. Ein Teil vom Ganzen sein, aber trotzdem besonders scheinen. Besonders, besonders du solltest wissen, was es heißt, besonders zu sein! Jeder Blick hat dich getroffen und manchmal hast du es nicht gemerkt. Nanntest mich bester Freund und verschwandst auf einmal aus meinem Leben, warst einfach so weg. Ich stand allein und wusste nichts mehr mit mir anzufangen. Hatte Angst, nie mehr jemanden zu finden, wie dich. Wir kannten uns nicht lang, aber trotzdem wusste ich, dass du zu mir gehörst. Wie eine Mutter zu ihrem Kind warst du ein Teil von meinem Ich. Jetzt treffen sich unsere Blicke an kalten Tagen und unsere Stimmen verhallen im Alltagsstress. Vielleicht siehst du mich nochmal und wirst an mich denken und dann fallen dir die schönen Momente ein. Ich renne niemandem mehr hinterher und um es einmal deutlich zu machen: Da ist die Tür! Komm wieder oder lass mich allein im Regen stehen, aber spiel nicht mit mir, wie mit einer Puppe, die du zu jeder Zeit lieblos in die Ecke werfen kannst. Du bist ein Teil von mir und das weißt du, denn das weiß auch ich. Und wenn du denkst, ich wäre anders, als du, dann denk daran: Gegensätze ziehen sich an.

HAMBURG
REISETAGEBUCH TEIL 2

Der erste Eindruck war ganz gut. Die Lobby des Hotels war sauber, es roch nicht unangenehm und die anderen Besucher, die in diesem Moment durch die Eingangshalle liefen, sahen auch nicht wirklich unfreundlich aus. Zu diesem Zeitpunkt wusste ich noch nicht, dass diese Unterkunft über mehr als sechshundert Zimmer verfügte und mein gutes Gefühl noch schneller wegfliegen sollte, als es mir lieb war.

Unsere Namen wurden aufgerufen und wir versammelten uns in unseren Zimmergruppen. Ich war wirklich sehr zufrieden! Mein bester Freund und ich hatten es schon mal in ein Zimmer geschafft und die Menschen, welche dann zu uns stießen, waren mir auch sehr angenehm. Vom Zimmer her hatte diese Fahrt mehr als nur einen Pluspunkt gesammelt. Die beiden Zimmerkarten wurden uns ausgehändigt und wir rannten ins Treppenhaus. Das Hotel verfügte über einen Fahrstuhl, der aber so sperrig war, dass wir uns rasch für die Treppe entschieden. Zu fünft, eigentlich wären wir sechs gewesen, aber leider konnte ein Zimmermitglied die Reise aus gesundheitlichen Gründen nicht mitantreten, was im Übrigen sehr schade war, stürmten wir auf unsere Zimmeretage. Die Vorfreude war uns allen ins Gesicht geschrieben. Motiviert hielt ich die Zimmerkarte an die Tür und musste feststellen, dass sich diese nicht öffnete. Uns wurde eine kurze Einweisung mit diesen Karten in der Lobby gegeben. Da hieß es: Karte vor den Sensor halten, leicht gegen die Tür lehnen und schon ist man im Zimmer. Wir alle befolgten nacheinander diese Reihenfolge. Dennoch wollte man uns nicht in das Zimmer lassen.

Nach einer sechsstündigen Busfahrt, einer allein organisierten Sightseeingtour durch halb Hamburg, wäre es mir Recht gewesen, wenn es gegen Abend einfach mal gut gelaufen wäre!

Auch da wusste ich nicht, dass wir ja noch ein Abendessen vor uns hatten. Am besten hielt ich in Zukunft einfach meine Gedanken ein Stück weit zurück.

Ich machte meiner Wut gerade Luft, da stellte einer, aus unserer Zimmergruppe fest, dass wir uns in der Zimmernummer vertan hatten. Das Problem löste sich, als wir einfach einen Schritt nach rechts machten und die Karte erneut vor den Sensor, einer anderen Tür hielten. Peinlich berührt betrat ich das Zimmer und versprach zumindest für heute kein schlechtes Wort mehr über diese Reise zu verlieren.

Das Zimmer machte einen wirklich guten Eindruck. Es war groß, verfügte über zwei kleine Bäder, zwei Hochbetten und ein Ehebett. Die Frage, wer in das Ehebett steigen würde, stand nicht lange im Raum. Zielstrebig sicherten sich mein bester Freund und ich das Bett und machten es uns gemütlich. Jeder war dabei sein Bett zu beziehen, den Koffer von den unzähligen Klamotten zu befreien und sich frisch zu machen im Badezimmer.

Einer unserer Zimmerfreunde kam auf die lustige Idee, sich mit voller Wucht auf das Ehebett fallen zu lassen. Das Ende der Geschichte: Wir hörten ein lautstarkes Knacken, welches nichts Gutes versprach. Und was lernen wir daraus?

Die Betten in Hotels sind nicht die Besten. Das Zimmer verfügte über eine Wand, welche nur aus Fenstern bestand. Sie ermöglichte einem den Blick in den tristen Innenhof, aber auch auf die Gänge der anderen Etagen. Sprich, dass oberkörperfreie, beschreiben wir es mal harmlos, herumlaufen, wäre nicht möglich, da der Blick immer hunderte Schaulustige anlocken würde. Wie im Zoo, wollte ich mich nicht fühlen.

Nun stand das Abendessen auf dem Programm. Da wir fast ganz oben im Hotel untergebracht wurden, mussten wir nun bis in den Keller zum Abendbrot laufen. Der Speisesaal war stark überfüllt und mit einem Bändchen, welches wir uns ummachten, durften wir auf das Buffet zugreifen. Und die Auswahl war wirklich groß. Großer Mist! Ich bin kein Mensch, der hohe Ansprüche stellt, aber ich hätte jetzt lieber die viel zu aufgeweichten, weil ich sie im Rucksack vergessen hatte, zubereiteten Stullen meiner Mutter gegessen, als diese Pampe, welche sich Nudelauflauf nannte, zu mir zu nehmen.

Langsam wollte ich mir mein Motto: Fahrt ist Fahrt, nicht mehr vor Augen halten. Ich stellte mich an der langen Schlange an.

Eine kräftige, mit leichtem Bartwuchs am Kinn und schräglächelnde Frau, baute sich vor mir auf, als ich ihr meinen Teller vor die Brust hielt.

Mit einem Berliner Charme, merkwürdig für eine Hamburgerin, stellte sie mir die Frage, ob ich auch etwas zu essen haben möchte. Ich sparte mir an dieser Stelle meinen Sarkasmus, dass ich doch nur rein zufällig vorbeigekommen sei und gar nicht die Absicht gehabt hätte, etwas zu essen, wenn ich schon in einem Speisesaal nach einer sechsstündigen Fahrt stehen würde. Mein Ziel war es einfach nur, die Schlange noch länger zu machen, um alle anderen zu verärgern!

Vielleicht wollte sie mich auch nur vor dem Essen warnen?! Ich weiß es nicht! Sie hatte mich auf jeden Fall dazu gebracht, noch schlechter gelaunt zu sein. Mit einem widerwilligen Nicken ließ ich mir eine ordentliche Portion auf den Teller geben. Ich bedankte mich und wünschte ihr einen schönen Abend. Wenn ich etwas gelernt hatte, bis jetzt, in meinem, doch noch kurzem Leben, dann, das ich trotzdem nett bin, egal wie oft man mir auf den Fuß getreten ist. Nach dem heutigen Tag zu urteilen, müsste ich mir langsam einen Verband um die Füße binden.

Ich kam am Vorspeisenbuffet vorbei, sammelte mir noch ein paar kleine Gurken ein, etwas Brot und setzte mich zu meinen Freunden an den Tisch, welche mich mit den Worten begrüßten:

»Iss das bloß nicht!«

Besser hätte ein Abend nicht starten können!

LETZTER KLICK

×Alle 47 Minuten stirbt in Deutschland ein Mensch durch eigene Hand. Das sind bundesweit jedes Jahr zwischen 11.000 und 12.000 Menschen, sagte der Vorsitzende des Nationalen Suizidpräventionsprogramms, Armin Schmidtke, in Berlin. In Deutschland stürben doppelt so viele Menschen durch Suizid wie durch Verkehrsunfälle.×

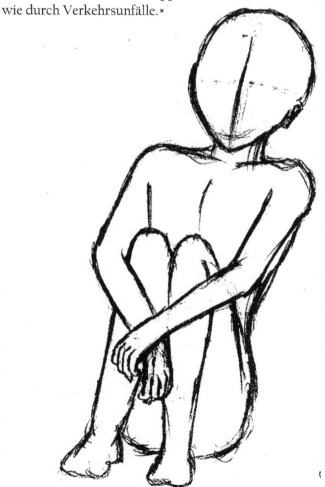

Der Laptop von Pia steht aufgeklappt auf ihrem Schreibtisch. Sie selbst liegt noch im Bett und starrt aus dem Fenster.
Pia ist unzufrieden. Schaut man nur mal in ihr Gesicht, erkennt man diesen Schrei, welcher eigentlich nur Beachtung will.
Das Radio läuft.
»Junge Frau stürzt sich aus dem zehnten Stock eines Hochhauses«, sagt der Nachrichtensprecher und macht eine kurze Pause.
Pia schaut zum Radio.
»Warum nehmen sich immer mehr Menschen das Leben?«, meint der Nachrichtensprecher und scheint nicht mehr den vereinbarten Text, welcher ihm aufgetragen wurde, vorzulesen.
Pia schaut verwundert.
»Ist doch eigentlich traurig, nicht zu wissen, was aus den Liebsten im Laufe Zeit wird.«
Pia schüttelt den Kopf.
»Was geht in diesem Menschen nur vor ...«
Pia stellt das Radio ab.
»Hat doch keine Ahnung!«, spricht sie zu sich selbst.
Trotzdem scheint sie nicht komplett überzeugt von dem zu sein, was sie da gerade gesagt hat.
Pia ist elf Jahre alt. Hat ein Dach über dem Kopf, ein paar Freunde, glückliche Eltern und eine vier Jahre jüngere Schwester, sowie sonst kein Leid. Krank ist sie recht selten. Aber wenn, dann richtig. Nun starrt sie wieder aus dem Fenster. Jeden Tag fahren unzählige Menschen an ihrem Wohnhaus vorbei. Schon oft hat sie

mit dem Gedanken gespielt, sich an die Hauptstraße zu stellen, die Augen zu verschließen und einen Fuß nach vorne zu setzen. Doch sie tat es nicht. Irgendetwas in ihrem Kopf hatte sie zurückgehalten. Wie eine Hand am Kragen genommen und viele Meter zurückgesetzt.

Pia war eine lange Zeit glücklich, doch jetzt ist sie wieder am Boden zerstört.

Der Grund ist Tom. Ein Junge aus der Parallelklasse. Pia hat sich in ihn verliebt. Ihre Chancen setzt sie gleich auf null. Wirklich probiert hat sie nie was. Sie ist sich zu schade, einen Korb zu erhalten.

Gerade sitzt Pia an ihrem Schreibtisch und tippt auf die Tasten.

» (...) Ich halte es nicht mehr aus. Immer sehe ich diese Paare auf den Bänken sitzen, wie sie sich um den Hals fallen. Immer nur sehe ich zu, wie andere ihr Glück finden, während ich allein am anderen Ende der Straße stehe. (...) Wenn ich einen Schlussstrich ziehen würde, dann jetzt.«

Pia nimmt die Hände von der Tastatur und schaut auf ihre Arme. Seit einigen Wochen hat sie nur noch langärmlige Oberteile angezogen, aus Scharm, man hinterfrage, was das für seltsame Narben an ihrem Arm wären. Sie hat sich selbst Schmerz zugefügt, um das Gefühl zu haben, das ihr Herz noch immer schlägt. Sie wollte sich selbst fühlen.

»(...) Das hatte ein beruhigendes Gefühl. Das Rot fließt langsam über die Arme. Hab immer gehört, dass soll helfen, aber eigentlich bringt es mich nur dazu lauter und kräftiger zu weinen.«

"Tom würde das sicherlich auch nicht gefallen."

Sie legt sich in ihr Bett und fängt an zu weinen. Seit Tagen, kein ungewöhnliches Bild.

Das Zusammenspiel in ihrem Kopf, ob Tom sie überhaupt gut finden würde, was das Ritzen bringt und ob es nicht eigentlich andere Probleme auf der Welt gäbe, brachte sie um den Verstand.

»Vielleicht hat der Nachrichtensprecher recht!«, hielt sich Pia selbst vor Augen und setzt sich zurück an ihren Laptop.

Vielleicht sah sie manches einfach nur zu kompliziert. Der ein oder andere Tom würde sicherlich noch in ihrem Leben kommen. Immerhin war sie erst elf.

Pia schaltet das Radio an.

» ... denkt nach und endet nicht als Grabstein, bevor ihr eigentlich noch so viel vor euch hättet. Manch einer, der dem Tod in diesem Moment gezwungen ins Gesicht blicken muss, würde am liebsten mit euch tauschen.«

Pia nickt. Der Mann hatte Recht. Sie klickt auf das Kreuz, welches das Textdokument schloss und klappt den Laptop zu.

LAGERFEUER

Die Flammen schlugen hoch. Wir hatten es uns am Lagerfeuer gemütlich gemacht. Alle saßen, in einem Kreis und genossen die Wärme der immer höher schlagenden Flammen.
Ich, Leonie, saß neben ihr, Karla.
Am besten bringe ich es gleich zu Beginn auf den Punkt. Ich bin lesbisch. Das weiß keiner. Das soll auch keiner wissen! Schließlich ist das meine Sache. Ganz privat!
Karla schaut in die Flammen.
Ich mag es ihr zuzusehen, wenn sie in ihren Gedanken schwimmt.
Mit einem Jungen hatte ich sie noch nie gesehen. Vielleicht hatte sie auch noch keinen Freund! So lange kennen wir uns noch nicht. Erst letzte Woche bin ich ihr das erste Mal über den Weg gelaufen. Um mir etwas neben der Schule dazu zuverdienen, jobbte ich in einer Eisdiele. Karla war jeden Tag da. Meistens alleine. Vielleicht um mich zu sehen? Vielleicht zu überwachen, mit wem ich denn so in Kontakt trete? Vielleicht aber auch nur, weil sie Appetit auf Eis hätte!? Ich könnte jetzt viel hineininterpretieren, am Ende mir den Kopf zerschlagen, wenn meine Hoffnungen in Rauch aufgehen würden.
Karla schaut immer noch in die Flammen.
Ihre Lippen haben die Form eines Herzens.

Seit meinem zwölften Lebensjahr weiß ich, dass ich an Jungs so gut wie gar nichts interessant finde. Sie sind vielleicht ganz gute Zuhörer, aber das war's dann auch schon.

Jungs schreien, wollen den Großen markieren, verhalten sich anders vor ihren Freunden und machen Dreck. Mädchen sind da ganz anders.

Bei Karla bin ich auf einen Menschen getroffen, welcher mich glücklich macht, selbst wenn er nur neben mir sitzt.

Wie gerade. Hier. Am Feuer.

Ihre Hand liegt auf der Bank. Soll ich oder soll ich nicht? Ich könnte meine Hand auf ihre legen.

Das wäre eventuell zu offensichtlich, aber ich könnte so, allein durch eine Bewegung, einen Schritt näher auf sie zugehen.

Ich tat es.

Es erregte auch kaum die Aufmerksamkeit der anderen, die sich um das Feuer versammelt hatten.

Ich meine sogar, dass es Karla gefallen hätte.

Nun war mir noch wärmer. Die Flammen des Feuers, mein Herzschlag, alles spielte zusammen, dass ich mich am liebsten erstmal einmal abgekühlt hätte.

Durch einen Kuss mit Karla?

Wäre sie auf mich eingegangen?

Schon wieder stand:

Was wäre wenn... im Raum.

Schon wieder dachte ich zu viel nach. Nun gut, vor allen. hier am Lagerfeuer, wollte ich nicht meine Lippen auf ihre Pressen!

Es reichte mir für diesen Moment, dass sich unsere Hände berührten. Wie ein Feuerwerk in meinem Körper, genoss ich diesen Moment.

Die ganzen Personen, die alle in meinem Alter waren, hätten wahrscheinlich wieder nur komische Blicke zu mir geworfen.

Eigentlich traurig, dass man sich immer noch für alles verantworten muss, um keine hohlen Aussagen zu kassieren.

Da bewundere ich die Leute, die sich einfach wegdrehen können und keinen Kommentar an sich heranlassen.

So bin ich nicht. Das kann ich nicht.

Da nehme ich doch vieles viel zu ernst.

Karlas Blick lässt vom Lagerfeuer ab.

Sie schaut zu mir.

Mein Puls erhöht sich wieder ins Unmessbare.

Sie küsst mich.

Im gleichen Moment:

Hatten wir vielleicht die ganze Zeit dasselbe Gedacht und nur auf den anderen gewartet, den passenden Moment?

Dann steht Karla auf und verlässt den Lagerfeuerplatz.

Die anderen hatten nichts bemerkt. Ich blieb zurück und starrte ins Feuer.

Der kleine Mann.
Ein jeder hat ihn, doch keiner hat ihn je gesehen.
Im Kopf da sitzt er, bereit, jeden Tag dir zur Seite zu stehen.
Der kleine Mann.
Hat kein Haar, weder Bein noch Fuß.
Viel Reden braucht er nicht! Mit Klopfen an deinem Kopf, zeigt er, dass er anwesend ist.
Der kleine Mann.
Ist still, schüchtern, manchmal laut, bisschen ängstlich, verändert sich für jede Situation, wie man ihn gerade braucht.
Flexibel, ja das ist er.
Selbst am Sonntag scheut er sich nicht um Mitternacht schnell aufzustehen, um deinen Wünschen gerecht zu werden.
Der kleine Mann.
Ist immer für dich da.
Ob gut, ob böse, alles kann er sein.
Er ist dein.
Der kleine Mann.

Während meines Studiums kommt es hin und wieder vor, dass ich auf verschiedene Männer treffe. Ich bin nicht eine dieser Frauen, welche sich stundenlang am Tag während der Studienzeit mit haufenweisen physikalischen Formeln beschäftigen kann. Ich suche mir oft einen Ausgleich. Diesen brauche ich auch!
Das Problem ist nur, dass ich und der kleine Mann in meinem Kopf immer öfter aneinanderprallen.

Wenn ich abends noch mit einem Mann ins Kino will, spricht er mir in Gewissen, dass ich mich doch lieber auf die Abschlussarbeit konzentrieren müsste. Männer gibt's wie Sand am Meer, will er mir weismachen, doch die Chance auf einen Mann gäbe es für mich nur einmal, doch das versteht er nicht. Ich frage mich, ob er überhaupt schon mal von "Liebe auf den ersten Blick" gehört hat!? Man muss rausgehen, das Leben spüren, um überhaupt Kontakte schließen zu können. Wen kann ich groß kennenlernen beim Wälzen der Physikbücher, außer meinen viel zu alten, stark aus dem Mund riechenden Studienleiter?

Der kleine Mann in meinem Kopf kommt nie auf die Idee mal frei zu machen. Er ist immer da und schaut mir bei jedem Schritt durch die Augen.

Er kommentiert, während ich im Fernsehen Filme schaue, koche oder einkaufen gehe. Immer muss er seinen Teil zum Besten geben.

Wenn ich von der Uni nach Hause gehe, in die Gesichter schöner Männer blicke, dann fällt er mir sofort in mein gedankliches Wort und meint, ich solle mich nicht von diesen Männern beeinflussen lassen.

Selbst in der Nacht lässt er mir nicht meine Ruhe, nein, in meinen Träumen wandert er umher und kontrolliert, welche Schafe kommen und gehen.

Manchmal stell ich mir die Frage, was wäre, wenn der kleine Mann eigentlich eine Frau wäre.

MENSCH SEIN

Da stehe ich nun auf einem harten, gepflasterten Boden. Der kalte Wind fährt durch meine tiefschwarzen Haare. Langsam fallen meine blauen Augen zu. Die Kraft, der Ehrgeiz den ich noch zu Beginn empfand, verabschiedet sich langsam von mir. Jeder Schritt ist eine Qual für meinen Körper und eine Belastung für meinen Willen. Ich kann nicht mehr. Ich will nicht mehr! Tausend Gedanken kreuzen sich in meinen Kopf. Ich weiß, dass ich körperlich am Ende bin und doch gebe ich nicht auf. So hat man mich nicht erzogen. So hätten es meine Brüder auch nicht getan. Wären sie jetzt nur hier. Nachts, wenn es draußen dunkel ist und der Mond sich empor streckt und auf dem Sternenzelt sein Licht ausbreitet, da denke ich oft nach. Über alles und über jeden. Ich denke darüber nach, wie die Zeit mit meinen Brüdern war, als sie noch bei mir waren. Mittlerweile habe ich sie seit drei Wochen nicht mehr gesehen. Ich weiß nicht mal, wo sie gerade sind. Vielleicht haben sie mich schon längst vergessen. Ich vermisse sie. Mein Vater, der schweratmend neben mir läuft, greift nach meiner Hand. Er drückt sie fest an sich. Ich spüre seine Wärme. Eine Träne läuft ihm über die Wange. Er weint. Ich dachte immer Erwachsene weinen nie. Man weint nur, wenn man ein Kind ist oder sich verletzt hat. Ich schaue ihn an. Unsere Blicke kreuzen sich. Es fühlt sich alles auf einmal so leer an.

»Kalim. Drei Wochen sind wir jetzt schon von zu Hause weg. Wir sind diesen Weg gemeinsam gegangen, um in eine bessere Welt zu kommen!«

Ich nicke ihm zu. Er lässt es sich nicht ansehen, aber innerlich spüre ich, wie schwach er geworden ist. Oft hatte mir mein Vater von einer besseren Welt erzählt. Bei uns daheim in Syrien kannte man diese *bessere Welt* nicht. Es war ein großes Geheimnis. Jeder erzählte immer von ihr, doch niemand war je da gewesen. Eine Welt ohne Gier nach Macht, ohne Krieg und Trauer, eine Welt voller Freude und Lebenslust. Die Herzlichkeit an jeder Ecke spüren und mit offenen Armen empfangen werden. Ich kann mir bis heute nicht vorstellen, dass es so eine Welt tatsächlich gibt. Vielleicht suchen meine Brüder diese *bessere Welt* und sind deswegen verschwunden. Ich weiß es nicht.

»Schau mich an Kalim! Du weißt, dass ich dich liebe. Wir mussten in letzter Zeit viel durchmachen. Der Tod von unseren Verwandten hat uns sehr zu schaffen gemacht, aber alles wird bald besser werden! Vertrau mir einfach«

Manchmal wünschte ich mir, ich könnte fliegen. Dann würde ich meine Liebsten in den Arm nehmen und einfach davonfliegen. Ich würde alle Sorgen und Nöte hinter mir lassen und von vorne beginnen. Meine Mutter hatte mir versichert, dass mein Vater mich in diese *bessere Welt* bringen würde und dass ich dort später

Arbeit und Harmonie finden könnte. Doch sind das vielleicht nur leere Versprechungen, um mir Halt zu geben?

Mein Vater hebt mich auf seine Schultern. Wenn ich die Augen schließe, kann ich mir vorstellen zu fliegen. Ich danke meinem Vater. Tiefatmend und schnaufend schleppt er mich umher. Auf unserem Weg trafen wir viele, die an dasselbe glaubten: Eine bessere Welt zu finden. Wir schlossen uns zusammen und wanderten gemeinsam weiter.

Ich hoffe, ich komme bald in einer Welt an ohne Krieg. Als ich klein war, hat man immer die Hand über mich gehalten. Doch nun werde ich groß und muss bald schon alleine sehen, wie ich das Leben meistern werde. Irgendwann ist es Zeit für mich, die Hand über meine Kinder zu legen. Doch wenn ich so überlege. Mensch zu sein, heißt, sein Leben zu meistern. Doch hatte ich bis jetzt ein Leben? Zählt ein Leben in Trümmern und Staub? Ein Leben in Verzweiflung und Hass? Ich weiß es nicht. Ich weiß nur, dass mein Weg noch nicht zu Ende ist. Wenn ich dann angekommen bin, hoffe ich, dass man mich als Mensch sehen wird und nicht als Fremden. Denn eigentlich sind wir alle gleich. Auch wenn mein Haar dunkler ist, bin ich trotzdem noch ein Mensch wie jeder andere. Nur wer Fremde hasst, hat seine Menschlichkeit verloren.

Mein Vater setzt mich ab.

»Tobias! Bist du dran?«

»Was rufst du mich denn jetzt noch an? Es ist mitten in der Nacht!«

»Tobias, es ist passiert!«

»Was?«

»Ich bin schuldig. Tobias. Ich bin's!«

»Jetzt beruhig dich mal. Atme erstmal tief durch.«

Stille.

»Warum sagst du denn nichts mehr?«

»Ich atme tief durch.«

»Was ist denn jetzt genau passiert?«

»Kennst doch Claudia, oder?«

»Natürlich. Meinst doch deine Ehefrau ...«

»Nicht so laut!«

»Was veranstaltest du denn für einen Zirkus? Sag mir endlich, was passiert ist!«

»Es gab da so einen Unfall. Beim Kochen.«

»Hat sich jemand geschnitten?«

»Schlimmer!«

»Kannst du jetzt mal bitte auf den Punkt kommen und nicht die ganze Zeit hohle Phrasen von dir geben!?«

»Eigentlich kochen wir jeden Abend. Aber du musst mich verstehen! Ich kann ihren vegetarischen Wahn einfach nicht mehr ertragen. Jeden Abend meckert sie an meiner Wurst herum.«

»Sie meckert an deiner Wurst herum?«

»Du hast mich schon richtig verstanden. Ich respektiere sie doch auch. Aber nein, immer ist etwas an meiner Wurst verkehrt!«
»Ist das wirklich ein ernährungswissenschaftliches Problem?«
»Jetzt lass den Quatsch. Es geht hier um eine ernste Angelegenheit. Ich bin schuldig!«
Kichern.
»Hör auf zu lachen! Hier liegt eine Leiche in meiner Wohnung.«
»Eine Leiche?«
»Hör auf immer alles zu wiederholen.«
»Sag nicht, du ...«
»Tobias. Das war ein Versehen! Ich konnte diesen Karotten-, Tomaten-, Ingwergeruch einfach nicht mehr ertragen. Ich bin doch ein Mann. Wenn ich nicht mein Fleisch bekomme, dann werde ich zur Bestie.«
»Bist du jetzt komplett übergeschnappt? Du kannst doch nicht einfach deine Frau, na weißt schon!«
»Das war Notwehr.«
»Notwehr? Gegen die Feinkostlisierung des Abendlandes, oder wie kann ich das verstehen?«
»Sag mir lieber, was ich jetzt machen soll!«
»Erstmal muss sie weg.«
»Die Leiche?«
»Kann ja nicht in deiner Wohnung bleiben. Ich sag dir: So viele Duftbäume hast du nicht, dass der Geruch angenehmer wird. Vertrau mir. Ich habe so viele Tatorte gesehen, ich kenne mich mittlerweile bestens aus.«

»Und wohin?«

»Das könnte ein Problem werden!«

»Tobias! Ich brauche eine schnelle Lösung. Jetzt! Sofort!«

»Komm mal runter. Zieh mich nicht in die Sache mit rein. Bin ja nicht verantwortlich, dass du deine Beziehungsprobleme auf diese Art und Weise regelst.«

»Tobias, man wird mich für schuldig erklären. Ich möchte nicht ins Gefängnis!«

»Wer will das schon?!«

»Ich hab noch eine Reisetasche. Im Keller. Soll ich die holen?«

»Das wird nicht passen. Wäre eine Möglichkeit um den ersten Schritt zu machen.«

»Das ist eine Sache der Anordnung.«

»Da spricht ihm der Tetrisexperte aus der Seele.«

Lachen.

»Lass das, Tobias.«

»Kommt das von dir?«

»Das sind Sirenen.«

»Aber woher wissen die, dass ich das getan habe?«

»Hättest vielleicht mal vorher auf dein Handy sehen sollen, wen du eigentlich anrufst. Grüß meine Kollegen und du, ganz unter uns, nächstes Mal überlegst du dir vorher, wie man eine Leiche entsorgt.«

»Wer solche Freunde hat, braucht keine Feinde.«

Aufgelegt.

DAS MÄDCHEN

Ich betrachte mich im Spiegel. Finde ich mich schön? Kann man sich selbst schön finden? Meine Freundinnen sagen mir jeden Tag, wie sehr sie mich doch beneiden würden. Wie gern sie meine Haut, meine Haare und ja, mein Lächeln hätten. Aber ich finde mich nicht schön. Sie sind oberflächlich und sehen nur das, was jeder andere, der an mir vorbeiläuft, auch auf den ersten Blick erkennen kann. Meine makellose Haut, die strahlend, blauen Augen, prallen Lippen, zurechtgemachten Fingernägel und ein angenehmer, leicht verführerischer Duft. Das ist nicht das, was mich eigentlich ausmacht. Das ist mein Kostüm, welches ich mir jeden Tag überziehe, um mich selbst ein Stück besser zu fühlen. In der Schule Anerkennung zu erhaschen und doch nicht nach Aufmerksamkeit zu buhlen. Glücklich, bin ich eigentlich nicht. Das ein oder andere Mädchen sieht mich bestimmt als Vorbild, aber das bin ich nicht. Mein Charakter und dieser hat bis jetzt keiner kennengelernt ist schwarz, grau, misshandelt vom Leben. Es ist nicht mal drei Jahre her, als ich die Schule zum wiederholten Male wechselte, in der Hoffnung: Es würde alles besser werden. Einen Neuanfang wagen und nach vorne blicken. Oft genug redete mir meine Mutter diese Worte ein und versuchte mir so zu zeigen, dass es im Leben nie zu spät sei, um sich selbst neu zu erfinden. Doch für mich ist es zu spät. Ich werde niemals mehr einem Jungen ins Gesicht blicken können, niemals mehr in

Kontakt mit älteren Heeren treten, niemals mehr Ich sein, denn ich bin vor einigen Jahren längst begraben worden. Warum? Diese Frage stelle ich mir noch immer. Warum gerade ich? Hätte ich an diesem Nachmittag doch meinen besten Freund besucht und wäre nicht alleine zu Hause geblieben, hätte mein Leben einen anderen Weg eingeschlagen. Ich müsste jetzt nicht auf meinem Bett sitzen und mir die Tränen zurückhalten. Ich könnte lachen. Ich weiß gar nicht mehr, wann ich das letzte Mal so richtig gelacht habe. Vom Herzen! Ohne ein aufgenähtes Lächeln, wie bei einem Stofftier. Ich fühle mich unter meiner Schminke so verlassen. Mascara, Puder, das alles kann für ein paar Stunden bezwecken, das ich einen Schutzmantel mit mir herumtrage. Bringen, tut es eigentlich nichts. Abends, wenn es dunkel draußen wird, alles zur Ruhe kommt, da weine ich. Manchmal stundenlang, während Musik im Hintergrund läuft, was meine Stimmung nicht gerade besser macht.

Noch immer sehe ich ihn vor meinem geistigen Auge. Es klingelte an der Tür, ich dachte mir nichts, lief herunter und da blickte er mir ins Gesicht.

»Ich habe ein Paket für Sie.«

Wir hatten nichts bestellt. Meine Eltern hätten mir erzählt, wenn ein Paket kommen würde. Das taten sie immer!

Ich wollte die Tür ins Schloss fallen lassen, da setze er seinen Fuß dazwischen.

»Sind deine Eltern da?«

Ich war doch erst dreizehn.

Schreien. Ich wollte schreien, doch ich konnte nicht. Kein Ton brachte sich über meine Lippen. Voller Angst trat ich einen großen Schritt zurück. Das war, im Nachhinein, ein Fehler.
»Wo ist dein Zimmer?«
Er zerrte mich die Treppe rauf, warf mich aufs Bett, verschloss die Tür und zog sich aus.
Dann stand er vor mir und ich wusste nicht mehr, was ich jetzt noch machen könnte.
Ohne große Wehr, ließ ich seine Lust über mich ergehen und fing nach jedem Pulsschlag stärker an zu weinen.
Dieser Tag würde mein Leben für immer verändern, wusste ich, als er sich gerade wieder angezogen hatte.
Ohne weiteren Kommentar lief er aus dem Haus und ließ mich, benutzt und verbraucht auf der Matratze liegen.
Es vergingen Minuten in welchen ich einfach schweratmend und weinend, noch immer nackt, an die Decke starte. Am liebsten hätte ich mich umgebracht. Das Kissen so lang aufs Gesicht gedrückt, bis kein Gefühl mehr zu meinen Fußspitzen dringt.
Warum? Warum sollte ich mein Leben lassen? Immerhin war ich nur eine Marionette, die durch die Begierde eines anderen funktionieren musste. Mein Tod wäre nicht seiner gewesen. Wahrscheinlich hatte er draußen schon am nächsten Haus geklingelt.
Wie es mir wirklich geht, sieht keiner. Ich möchte aber auch mit niemandem darüber reden. In der heutigen Zeit würde ich als Frau missverstanden werden. Egal, welche Geschichte ich

präsentieren würde, am Ende, wäre ich das Mädchen, welches als Schlampe gebrandet umherlaufen müsste. Und warum? Weil niemand mehr Dinge hinterfragt, sondern nur das Oberflächliche an einem sieht. Dass Puder, die Mascara. Der Mensch von heute sieht das Billige und Willige in Frauen. Wir sind ja angeblich die Objekte, welche nach Geschlechtsverkehr und körperlicher Liebe nur so schreien würden. Wenn ich ein knappes Kleid trug, dann tat ich das vielleicht nicht mit dem Gedanken, an der nächsten Ecke einem Jungen die Augen zu verdrehen. Vielleicht trug ich es einfach, weil mir das Kleid im Laden gefiel und ich es unbedingt auch mal anziehen wollte. Was bringt das heutzutage noch große Töne zu spucken? Dann bin ich eben dieses Mädchen. Das Mädchen was lieber den Mund verschließt, aus der Angst vor einem gewaltigen Echo. Traurig, aber wahr.

HAMBURG
REISETAGEBUCH TEIL 3

Meine Freunde und ich beschlossen, der Dachterrasse einen Besuch abzustatten. Durch das enge Treppenhaus bahnten wir uns einen Weg nach ganz oben.

Dann standen wir in einem kleinen Gang. Und jetzt?

Mein bester Freund wählte den Weg nach links und verschwand hinter einer Ecke. Auf einmal hörten wir ein lautes, ohrenbetäubendes Alarmsignal.

Wir rannten in die Richtung unseres Freundes und stellten fest, dass er für diesen Alarm verantwortlich gewesen war.

Er meinte zu uns, dass das wohl die falsche Tür gewesen wäre. Damit lag er wohl richtig!

Um die Türklinke befand sich auch eine große, runde Umrandung, welche den Besucher des Hauses darauf aufmerksam machen sollte, aber was soll es, die Berliner kannten sich ja nicht aus in Hamburg. Man könnte es ja darauf schieben!

Letztendlich fanden wir den Zugang zur Dachterrasse. Dass das hier kein Geheimtipp war, stellten wir schnell fest, weil diese Terrasse mit Menschen befüllt war. Auch mit unseren Lehrern, die es sich an einem langen Tisch bequem machten.

Meine Freunde und ich stellten uns an die Dachkante, welche durch einen Zaun geschützt war und schauten hinunter auf die lebende Stadt.

Ein beeindruckender Blick.

Der Himmel über Hamburg lag in einem sanften blau, mit orangestichigem Ton. Ich vergas alles, was mir vorher Sorgen bereitete und freute mich auf die erste Nacht in meinem Bett, welches schon unter einem meiner Zimmerkameraden leiden musste.

Der Nachthimmel breitete sich aus. Wir machten uns bettfertig. Immer wieder hatten wir Besuch in unserem Zimmer. Auch mein pakistanischer Freund, welcher schon auf anderen Fahrten für Stimmung sorgte, schaute bei mir vorbei und informierte mich, natürlich lautstark, dass er nur wenige Zimmer nebenan sein Lager aufgeschlagen hätte. Mit einem aufgezwungenen Lächeln nickte ich ihm zu. Dann verschwand er, ohne einen Kommentar, wie er es so oft tat. Es wurde spät. Heimlich schlichen sich noch ein paar Besucher, darunter Mädchen in unser Zimmer und leisteten uns Gesellschaft. Gemeinsam unterhielten wir uns über alle möglichen Themen. Über einige Geschichten halte ich einfach mal meinen Mund geschlossen. Nicht alles muss unbedingt an die Öffentlichkeit, was an diesem Tag aus einigen Mündern wanderte. Spät am Abend verschlug es mich nochmal auf die Toilette. Ich stieg aus meinem Bett, nahm mein Handy in die Hand, um es als Taschenlampe zu verwenden und betrat das Badezimmer. Obwohl in diesem Kontext "Zimmer" ziemlich weit gegriffen ist. Es war viel mehr ein Baderäumchen. Man konnte sich gerade so um sich selbst drehen. Ich schloss die Tür und auf einmal spielte mein Handy einen Musiktitel ab. Eine epische, lautstarke,

eindrucksvolle Melodie begann sich aus dem Baderäumchen im gesamten Zimmer zu verteilen. Natürlich bekamen das meine Zimmerfreunde mit und verfielen in schallendes Gelächter.
Nun war es auch egal, sich ruhig zu verhalten!
Nach einigen Gesprächen schliefen alle ein. Unser weiblicher Damenbesuch, machte es sich auch im Ehebett gemütlich. Ich lag in der Mitte, links von mir das Mädchen und rechts, mein bester Freund. Mit der Zeit merkte ich, wie ich immer weiter in der Ritze des Bettes versank. Gott sei Dank, brach aber schnell der nächste Tag an.
Heute stand auf dem Programm, dass wir in kleinen Gruppen Hamburg erkunden würden. Also versammelten wir uns nach dem überaus glorreichen Frühstück, ich hoffe Sie lesen diesen Unterton heraus, in der Eingangshalle der Unterkunft.
Mit meinen Gruppenmitgliedern, war ich mehr als zufrieden.
Innerhalb unserer Gruppe bildeten wir eine kleine Vierergruppierung, welche sich während der vielen Wege durch alle möglichen Straßen, unterhielt. Immer wieder stellten wir fest, wie schön Hamburg doch war. Langsam könnte man denken, dass das hier eine versteckte Kooperation mit Hamburg wäre.
Unser Gruppenführer zeigte uns die gesamte Schönheit Hamburgs, sowie kleine Flecken, wo sich nur wenige Touristen hin verritten. Er kannte sich selbst so gut aus, da er viele Jahre, bevor er nach Berlin zog, in Hamburg studierte und lebte.
Ein kleiner Hauseingang führte uns zu einer versteckten Ladenstraße. An der Häuserfassade hatten sich verschiedene

Künstler verewigt und Bilder gezeichnet, welche Hamburg gut wiederspiegelten. In einem Laden, fast am Ende dieser Straße, befanden sich süße Leckereien.

Ich weiß nicht, wie ich nun diese Bonbons beschreiben soll, auf jeden Fall sah ich diese und hatte sofort deren Geschmack auf meiner Zunge. Den anderen Gruppenmitgliedern ging es genauso.

Meine türkische Freundin, das ist das Problem, wenn man keine Namen verwenden möchte, dass man immer wieder Merkmale in den Mittelpunkt stellen muss, zückte ihren Geldbeutel und stolzierte in den Laden, um Bonbons für die Gruppe zu erwerben. Als sie kurze Zeit später den Laden verließ, hatte sie allerdings nicht, wie erwartet, die Bonbons, sondern eine Tasse in der Hand. Wir alle schauten sie verwundert an.

Beim Kassieren hatte sie nicht hingeschaut, sondern zu uns, die vor dem Laden standen und hatte dann nicht nach den Bonbons, sondern der Tasse, welche ebenfalls auf den Ladentresen stand, gegriffen. Schnell wurde alles aufgelöst und wir kamen ohne jeglichen Kommentar davon. Die Bonbons schmeckten übrigens fantastisch! Hatte sich also gelohnt.

Wir stolzierten weiter durch Hamburgs Straßen, bis uns auffiel, dass wir ein Gruppenmitglied, so schien es, auf der Strecke gelassen hatten. Unser Gruppenführer hatte ein großes Fragezeichen über dem Kopf. Minuten der Panik folgten. Wie wild telefonierten sämtliche Mitschüler umher, um das vermisste Mädchen ausfindig zu machen. Doch das war nicht mehr nötig. Seelenruhig tänzelte sie um die Ecke und blickte uns fragend in die Augen. Unser Leiter schüttelte den Kopf und forderte uns auf weiterzugehen.

Die Zeit verging und wir kamen an immer mehr Sehenswürdigkeiten vorbei. Wir stellten uns ans Wasser, schossen Fotos, hörten interessante Anekdoten aus dem Leben unseres Leiters und verspürten langsam ein leichtes Hungergefühl.

Auf dieser Fahrt waren wir für den Mittagstisch selbst verantwortlich. Wir erhielten etwas Geld und mussten uns versorgen. Unser Vierergespann machte sich auf den Weg, um einen geeigneten Platz zum Essen zu suchen.

Da wir uns in Hamburg befanden, wollten wir mal nicht, wie üblich essen gehen, sondern schon etwas Besonderes finden.

Ich mache es kurz, am Ende landeten wir in einer Pommesbude. Als Gruppenleiter unseres Gespanns, sammelte ich das Geld ein und fühlte mich wie ein Vater, welcher mit seinen Kindern essen war. Da ich der Jüngste in der Gruppe war, warf das wieder einen merkwürdigen Schein auf mich.

Ein guter Freund und ich entschieden sich für Currywurst mit Pommes. Das Klischee des Berliners war damit erfüllt. Meine vegetarische Freundin wählte einen Salat und ja, dann gab es noch meine türkische Freundin, deren Bestellung verlief etwas komplizierter.

»Hallo, was darfst sein?«, sagte der Mann, welcher ebenfalls türkisch war, an der Bedienung.

»Einen Döner, bitte!«, meinte das Mädchen.

»Zum hier Essen oder zum Mitnehmen?«

»Ja!«

Wir anderen drei schauten sie verwirrt an. Auch der Mann an der Bedienung war sichtlich verwirrt. Was *ja*?

Sie war sich ihres Fehlers nicht bewusst und lächelte den Mann freundlich an. Dieser nahm an, das wir alle zusammengehörten und breitete den Döner so zu, dass er am Ort verzehrt werden konnte.

Bei der Beilagen-, sowie Fleischabfrage, verlief das Gespräch genauso. Es war einfach nicht ihr Tag! Vielleicht bräuchte sie aber auch schon ein Hörgerät!? Man wusste es nicht! Was man aber wusste, dass es wirklich lustig war, mitanzusehen. Wissenschaftliche Studien haben belegt, dass man einmal am Tag herzhaft lachen soll, da man so seine Lebenserhaltung auf viele Jahre streckt. Dafür könnte man sich eigentlich mal bei ihr bedanken! Ich bezahlte und wir nahmen unser Essen entgegen. Beim Essen, stellte ich mir die Frage, was mich noch alles, auf dieser Fahrt erwarten würde.

HALLO ICH

Rede an mein Ich

»Ganz und gar man selbst zu sein, kann schon einigen Mut erfordern.«

Dieses Zitat, welches von Sophia Loren stammt, fand ich, als ich mal wieder einen Abend am Fenster verbrachte. Mein Empfinden sagt mir immer und immer wieder, dass man den ganzen Tag viel zu viel mit dem Nachdenken beschäftigt ist. Man stellt sich zu viele Fragen, als den Mut zu haben, sich und das was man möchte zu präsentieren. Einfach man selbst zu sein und das zu zeigen. Aber warum tun das nur so wenige? Warum hat man nicht einfach den Mut? Warum hast du, mein Ich, nicht den Mut?

Es ist bewiesen, dass wir Menschen immer den einfachsten Weg suchen, um aus Situationen das Beste für uns herauszuschlagen. Doch wer versichert uns, dass der einfachste Weg auch gleichzeitig der klügste ist? Ich habe in diesem Jahr etwas gelernt. Du, mein Ich, hast mir viel zu lange, zu viele unwichtige Gedankengänge in den Kopf geschlagen. Schon viel früher hätte ich den Mut haben müssen, um bestimmten Situationen ehrlich ins Gesicht blicken zu können. Ich habe mich immer hinter einer Maske versteckt und konnte nie zu meinen Wünschen reisen. Stattdessen saß ich mit Fernweh da, hatte eine Achterbahn im Körper und konnte meinen Träumen nicht ins Gesicht blicken.

Ich rede hier zu euch und meinem Ich, um euch einmal zu zeigen, dass es nicht falsch ist, sein wahres Ich zu präsentieren. Man muss nicht immer der Beste, der Schönste, der Klügste, der Talentierteste sein und schon gar nicht der, der mit tosendem Applaus das Parkett, welches sich Leben nennt, verlässt. Ich wollte euch ins Gesicht sagen, dass man sein wahres Ich zeigen muss, um glücklich zu sein. Mein Ich hat das gelernt und nun sitze ich mit einem Lächeln am Fenster. Mir können wissenschaftliche Analysen egal sein, denn ich bin froh, meine Maske verloren zu haben und meinen Mut zu zeigen, in jeder Sekunde.

Wer der Meinung ist, das sei keine Rede gewesen, weil man über sich selbst spricht, dem kann ich nur sagen, dass ich mich strickt von meinem Ich getrennt habe und es als eigene Person meines Lebens sehe. Es macht mich zwar aus, aber ich bestimme den Takt in dem es tanzt. Vielleicht denkt ja jeder einmal darüber nach und trifft Entscheidungen, die Mut erfordern und am Ende ein Lächeln ins Gesicht zaubern. Familie, Freundschaft und die Liebe.

Ich wünsche euch, eurem Ich und dir meinem Ich noch einen schönen Tag. Danke für die Aufmerksamkeit.

SCHLAF SCHÖN EMMA

Auf der Arbeit hatte er volle Hand zu tun.

War beschäftigt damit, Unmengen an Akten zu kontrollieren, Formulare auszufüllen, und die Angst, irgendwann mal seinen Kopf zu verlieren, nicht nach außen zu halten.

»Legen Sie mir bitte die fertigen Abrechnungen bis Freitagfrüh auf den Schreibtisch. Fräulein Wünsch soll Ihnen mein Büro aufschließen.«

»Wie soll ich das innerhalb von zwei Tage schaffen?«, meinte der Mann, der sowieso schon völlig überfordert mit seinen restlichen Aufgaben war.

»Wenn Sie jetzt schon daran zweifeln, überhaupt anzufangen, Verzeihung, aber dann haben Sie den falschen Berufszweig gewählt. Guten Feierabend!«

Er verließ sein Büro und lies den Mann allein. Dieser hielt sich die Hände an die Stirn.

Wie konnte ein Mensch nur so abgrundtief böse sein?

Der Mann begann sich durch die Papiere zu arbeiten. Er schaffte eine Akte nach der anderen, bis sein Blick schlagartig zur Uhr fiel.

Es war halb acht.

Schlafenszeit für seine kleine Tochter.

Da das Büro nur wenige Meter von seinem zu Hause entfernt war, verließ er jeden Abend für kurze Zeit, nicht abgesprochen mit dem Vorgesetzten, seine Arbeitsstelle.

Vor zwei Jahren hatte er seine Frau verlassen müssen.

Alkoholprobleme, ihrerseits, plagten die Beziehung und zwangen sie immer wieder auf die Knie.

Der Mann hatte nie die Hoffnung in eine Heilung aufgegeben, aber sie schaffte es einfach nicht. Sie kam nicht ab vom Alkohol.

Die Frau stellte ein gut gefülltes Glas vor ihre gemeinsame Tochter, gegen seine Liebe.

Jetzt musste er alleine mit der Erziehung klarkommen. Sie war weg, nicht mehr auffindbar, wie vom Erdboden verschluckt.

Emma musste schon früh lernen, groß zu werden. Ein Stück der Kindheit wurde ihr genommen.

Der Mann schloss die Haustür auf.

»Papa!«, schrie Emma und rannte auf den Mann zu.

Sie kam ihm gerade so bis zum Bauch. Fest umklammerte sie ihn und ließ gar nicht mehr von ihm ab.

»Schön, dass du da bist! Liest du mir eine Geschichte vor?«

Deswegen war der Mann gekommen.

Jeden Abend, das war er seiner Tochter schuldig, lief er während der Arbeit nach Hause, um Emma mit Hilfe einer Geschichte in den Schlaf zu wiegen.

Er selbst, welcher aufgrund der Arbeit den Tag nur noch blasser sah, konnte auch für einige Minuten abschalten. Als Kind, da habe er die Welt anders gesehen. Am Himmel war jeden Tag ein Regenbogen zu erkennen, die Sonne trug ein Lächeln im Gesicht und an jeder Ecke stand ein Mensch, der einen freundlich mit den Augen zuzwinkerte.

»Liest du mir die Geschichte von der Prinzessin vor?«, sagte Emma und legte sich in ihr Bett.

Der Mann nickte.

»Ich mag es immer, wenn du vorliest.«

Nun hatte er zum ersten Mal am Tag gelächelt.

Er lief zu Emmas Bücherkiste und fischte das Buch "Die kleine Prinzessin" heraus.

Emmas Augen wurden ganz groß, als sie die ersten Worte der Geschichte hörte, welche sie eigentlich schon in und auswendig kannte.

Seine Augen wurden nie groß, wenn er seinen Arbeitsplatz sah. Obwohl er ihn in und auswendig kannte.

»Die kleine Prinzessin war unfassbar müde. Sie rollte sich im Bett hin und her, musste aufpassen, dass sie nicht herausplumpst.«

Emma lachte.

Er hätte ihr Stunden zusehen können, wenn Sie ihn mit ihren strahlend blauen Augen gespannt anschaute.

»Heute war ein ganz besonderer Tag. Die kleine Prinzessin hatte ihren ersten Schultag.«

»Wann geh ich in die Schule?«, fragte Emma.

Der Mann schloss das Buch und legte es zur Seite.

»Alles gut, Papa?«

Der Mann nickte.

»Weißt du Emma. Die Zeit wird noch viel zu schnell für dich vergehen. Wirst von Tag zu Tag größer, lernst neue Dinge, neue Menschen kennen, verliebst dich, gehst Arbeiten und wirst dich wahrscheinlich an diese Momente hier zurückerinnern.«

»Macht Arbeit Spaß?«, fragte Emma mit schüchternem Blick.

Der Mann senkte seinen Kopf.

»Tu mir einen Gefallen und entscheide dich für das, was du liebst. Egal, wie groß das Risiko sein wird, ich werde dir immer zur Seite stehen. Das Leben ist zu kurz, um immer nur das zu machen, wo man sich sicher ist, es zu schaffen.«

Emma schlüpfte aus ihrer Decke und setzte sich auf den Schoß ihres Papas.

»Bist du glücklich?«

»Wenn du in meiner Nähe bist, kann ich den ganzen Stress vergessen. Ich möchte dir nicht die Ohren volljammern, aber mich hat man damals nicht unterstützt. Umso mehr möchte ich mich für dich ins Zeug legen, damit du das erreichen kannst, was du willst!«

Emma legte ihren Kopf an seinen Hals.

»Ich möchte Prinzessin werden.«

Der Mann nahm Emma von seinem Schoß, setzte sie aufs Bett, deckte sie zu, gab ihr einen Kuss auf die Stirn und sagte:

»Dann schaffen wir das, Emma.«

Sie lächelte und ihre Augen fielen zu. Mit leisem Schritt lief er aus dem Kinderzimmer seiner Tochter, öffnete die Tür und wagte noch einmal einen Blick zu ihr.

»Schlaf schön Emma.«

Der Mann schloss die Tür und setzte den Fuß zurück in die graue, triste und vom Stress bepackte Welt.

In Gedanken lag er ganz bei seiner Prinzessin. Irgendwann, da wird sie mit Freunden unterwegs sein, Fahrrad fahren lernen, auf den Führerschein sparen und später von ihm zum Traualtar geführt werden. Aber soweit war es noch nicht. Und das genoss er. Die Zeit verging zu schnell. Jetzt saß er wieder mal stundenlang im Büro, um die unzähligen Akten bearbeiten zu können, damit er seinen Vorgesetzten nicht enttäuscht.

Am liebsten wäre er jetzt bei Emma gewesen.

ENDE

Du, lieber Leser, hast es tatsächlich bis zu dieser Seite geschafft! Vielleicht hast Du auch gleich hierher geblättert? Ich weiß es nicht. Gehen wir mal davon aus, dass Du Dir jede Geschichte durchgelesen hast. Dafür möchte ich mich bei Dir bedanken!

In meinem Begrüßungstext meinte ich ja bereits, dass ich viele Ideen für die Texte aus meinem Umfeld zog. Teilweise war es aber auch so, dass ich auf meinem Rechner alte Textdokumente mit angefangen Geschichten fand, in alten Notizbüchern ganze Geschichten oder Ideen vorfand oder mich einfach eine bestimmte Person, auf die Idee für einen Text gebracht hat. Irgendwas wird es schon gewesen sein. So habe ich dann diese unvollständigen Texte versucht zu beenden, um sie in dieses Buch zu packen.

An dieser Stelle möchte ich mich auch nochmal bei den Menschen bedanken, die mir als Inspirationsquelle dienten.

Viele von Ihnen tauchen in meinen Texten auf. Fühlt euch gedrückt.

Ein großer Dank gilt Lucy Molzahn, welche immer wieder auf meine Wünsche bei den Zeichnungen eingegangen ist und so, ich hoffe Sie teilen meine Meinung, zu einem unfassbar tollen Ergebnis gekommen ist.

Ich hoffe, Sie konnten etwas aus diesem Buch in ihr Leben transportieren. Dann habe ich das geschafft, was ich erreichen wollte. Ich bedanke mich bei meinen Unterstützern, Kritikern, ohne sie, wäre alles zu perfekt gewesen, meinen Freunden und meinen Eltern.

Wir sehen uns wieder. Mit irgendwas Neuem.

Ihr Moritz Russ

Weitere Informationen
Facebook @moritzzruss
Instagram @moritzruss
Künstlerseite moritzruss.jimdo.com

CPSIA information can be obtained
at www.ICGtesting.com
Printed in the USA
BVHW070836210619
551639BV00002B/482/P